文壇邊

文壇邊

刘 春

海豚出版社

图书在版编目（CIP）数据

文坛边 / 刘春著. -- 北京：海豚出版社，2017.1
ISBN 978-7-5110-3328-4

Ⅰ. ①文… Ⅱ. ①刘… Ⅲ. ①中国文学－当代文学－文学评论 Ⅳ. ①I206.7

中国版本图书馆CIP数据核字(2016)第134872号

总发行人：俞晓群
责任编辑：朱敬利　谭文雯
美术编辑：吴光前　李　利
责任印制：王瑞松

出　　版：海豚出版社
网　　址：http://www.dolphin-books.com.cn
地　　址：北京市西城区百万庄大街24号
邮　　编：100037
电　　话：010-68997480（销售）　010-68998879（总编室）
印　　刷：北京中科印刷有限公司
经　　销：全国新华书店及各大网络书店
开　　本：32 开（889毫米×1194毫米）
印　　张：8.875
字　　数：144千
印　　数：1-3000
版　　次：2017 年 1 月第 1 版，2017 年 1 月第 1 次印刷
标准书号：ISBN 978-7-5110-3328-4
定　　价：49.00元

目　录

诗歌旁

文坛边

读书屑

诗歌旁

海子的第一本诗集

1982年，大学三年级的海子开始写诗，但在最初的半年他到底写了哪些作品，没有人知道。海子的第一部诗集《小站》“出版”于1983年6月，不知道是否收录了他的最初习作，目前人们普遍认可的是西川的说法——《小站》收录的是海子1983年4月至6月的作品。这本60多页的油印小册子分为“给土地”“静物”“故乡四题”“远山风景”“告别的两端”等5个小辑，内有长短诗歌23首。那时候海子还没用笔名。

《小站》只印刷了20册，分送给了一些诗友，因此，至今保留着这本薄薄的油印诗集的人数只能用凤毛麟角来形容。在作品风格和质量上，《小站》也和一个诗歌初学者身份相符，我们可以明显地看出当时正如日中天的“朦胧诗人”对海子的影响，特别是第一辑“给土地”里的几首中型作品，很明显模仿了杨炼和江河的题材和角度，诗集的最后一首诗《小叙事》，则颇有顾城之风。但即便如此，第一辑及《小叙事》仍然是整本《小站》中质量最高的，因此，1997年上海三联书店出版的《海子诗全编》(西川编选)中，只选入了第一辑里的《东方山脉》一诗。2009年作家出版社出版的《海子诗全集》也只是把《小站》作为“补遗”收录，并在《出版说明》中明确指出，当年《海子诗全编》只收入《小站》的一首诗“是因为编者当时认为其中的有些作品质量上尚欠火候，现在收进来是出于为研究者提供方便的考虑”。

印数虽少，质量虽不算高，但“即使诗作质量不如后来的诗集，在反映海子的心路历程、诗歌风格的变化上至少有资料的意义……这是海子一生诗歌写作的开端，它所透露的趣味与气质在后来的写作中清晰可见，这是海子诗歌旅程一个出发的‘小站’，文字有典型的海子风格”。(荣光启《关于海子第一本诗集〈小站〉的出版》)而且在当时，《小站》的印行也引起了不小的反响。海子的法律系朋友、诗人陈陟云回忆，在北大，中文系的学生在文学创作这一块，比外系的学生要强势得多，著名的“五四文学社”也只吸纳中文系的学生。《小站》出来后，这一局面就逐渐改变了，同学们争相传阅，骆一禾还专门去找海子，在五四文学社为他搞了一个讨论会。

因为《小站》，海子与中文系79级的骆一禾、老木，西语系81级的西川结识。后来，人们把骆一禾、海子和西川排在一起，称为“北大三剑客”，也有人在此基础上加上老木，称他们为“北大四剑客”。但大多数时候，海子是孤独的，从开始写作，直到去世之前，收获到的更多的是打击与讽刺。去世之后，人们才如梦初醒般认识到海子诗歌的价值，从而带动了一股声势浩大的“麦地诗潮”。

有意思的是，《小站》虽然只有60多页，但对于此书收录了多少首诗，却众说纷纭。比如西川在《海子诗全集》里说《小站》收录了“诗17首”，曾写过《海子诗传》的边建松认为是23首，《海子 —— 一个时代的故事》的作者于萍则这样写道：“同宿舍一同学在门口给海子刻蜡纸，帮他油印平生第一本诗集《小站》，收录了海子1983年写的15首诗。”陈陟云在回忆海子的文章《八十年代的北大诗歌，我们生命之中的青春小站》中，认为是18首：“我们北大法律系79级同学查海生（海子）的第一本诗集《小站》。……这本只有薄薄的60多页的小册子……集中了海子最早（1983年4至6月）的18首诗作。”曾专门研究过《小站》的青年学者荣光启则认为是25首。

在这些人中，至少我们可以肯定，西川、荣光启和陈陟云是收藏有《小站》原版的，于萍和边建松是否接触过《小站》原版，不得而知。我认可边建松的说法：《小站》收录的诗歌是23首。不过，也不能说西川、荣光启和陈陟云有错。为什么同一本书，不同的人给出截然不同的数据呢？我猜测主要缘于对诗歌的“首”的认识区别。

荣光启在《关于海子第一本诗集〈小站〉的出版》一文中，指出了“诗集的整体结构的辨认”问题导致他的“25首”与陈陟云“18首”的区别：

> 由于刻印者的疏漏，原书目录页中没有标出第一辑“给土地”中的诗作《年轻的山群》，以至于此诗到底是与《以山的名义，兄弟们（组诗）》《丘陵之歌》和《高原节奏》同级，还是隶属于《以山的名义，兄弟们（组诗）》，叫人难以辨认。我从《年轻的山群》与《丘陵之歌》和《高原节奏》在篇幅上、诗句排列的风格相近（多长句）等因素考虑，还是认为《年轻的山群》与《以山的名义，兄弟们（组诗）》《丘陵之歌》和《高原节奏》同级。而《以山的名义，兄

> 弟们（组诗）》则可以视为是由《东方山脉》《上山的孩子》和《恋歌》三首构成。也是从此三首诗的独立性上说，我认为《小站》包括长诗、短诗、小诗共25首。当然，若将第四辑“远山风景”八首短诗算为一组，认为《小站》集中诗作为“18首”，也成立。

西川说“17首”，有两个可能。其一，将第一辑“给土地”中《小山素描》所包含的《上山的孩子》《恋歌》两首诗视作一首，同时，将第四辑“远山风景”中的8首短诗视为一首，这样，整本书就正好17首。其二，由于《小站》“原书目录页中没有标出第一辑‘给土地’中的诗作《年轻的山群》”，西川只是按照目录上的诗歌标题计算，故得出“17首”的结论。

陈陟云则没有像西川那样把《小山素描》所包含的两首诗视作一首，而是和荣光启一样，将它们视为两首，同时“将第四辑‘远山风景’8首短诗算为一组”，故得出“18首”的结论。荣光启则正好和西川相反，不仅将《小山素描》的两首诗以及“远山风景”一辑的8首诗独立出来，还将第三辑“故乡四题”中的《红喜事》一诗包含的3首短诗《起点》《途中》《终点》独立计算，因而加起来正好是25首。而我没有把《起点》《途中》《终点》作为独立的作品，认为它们只是《红喜事》一诗的三个小标题，因此我们认为《小站》收入的诗歌是23首。至于于萍是怎么算出“15首”，我还找不到合适的解释角度。

谁“伤害”了海子

1989年3月26日，海子在山海关卧轨。关于海子为什么自杀，至今仍是一个谜，有说海子生性就具有死亡情结的，有练气功走火入魔的，有恋爱失败从而对人生失去信心的，有因为被圈内人批评受不了最终自寻短见的……在众多传闻中，前几点已被相关研究者反复论及，关于“被圈内人批评和伤害”也是海子最终选择自杀的重要原因。

首当其冲的是成都诗人尚仲敏。

1988年4月，海子去成都拜访几个诗人，曾在尚仲敏的宿舍住了一个星期，两人多次长谈，因此，海子对尚仲敏怀有好感。回到北京后，海子对骆一禾说，尚仲敏为人不错，我们在北京应该帮帮他。然而几个月后，海子认为“不错”的尚仲敏就在《非非年鉴·1988年理论卷》上发表了一篇题为《向自己学习》的文章，其中有一些段落谈到了海子：

> 有一位寻根的诗友从外省来，带来了很多这方面（宏大史诗写作）的消息：假如你要写诗，你就必须对这个民族负责，要紧紧抓住它的过去。你不能把诗写得太短，因为现在是呼唤史诗的时候了。诗歌一定要有玄学上的意义，否则就会愧对祖先的伟大回声……和我相处的几日，他一直愁眉不展，闷闷不乐，通过仔细观察，我发现他的痛苦是真实的，自然的，根深蒂固的。这使我敬畏和惭愧。
>
> 他从书包里掏出了一部一万多行的诗，我禁不住想起了《神曲》的作者但丁，尽管我知道在这种朋友面前是应当谦虚的，但我还是怀着一种惋惜的情绪劝告他说：有一个但丁就足够了！
>
> 在空泛、漫长的言辞后面，隐藏了一颗乏味和自囚的心灵。对旧事物的迷恋和复辟，对过往岁月的感伤，必然伴随着对新事物和今天的反动。我们现在还能够默默相对、各怀心思，但用不了多久，他就会成为我的敌人。

读到这些坦诚、调侃与讥讽交杂的文字，海子伤心得跑到骆一禾处大哭一通。

这件事对海子的打击是巨大的，据燎原在《海子评传》中透露，1988年11月底，海子在北京接待四川诗人雨田，海子还拿出了《非非》，说：“他妈的，成都的尚仲敏开始批判我了！”然后对雨田朗读了上述的那段文字。“而骆一禾对此也同样耿耿于怀，在雨田于北京同骆一禾、海子商定准备成立一个诗歌同仁组织回到绵阳后，骆一禾又专门去了一封信，其中特意提到了此事，并提醒雨田在物色人选时一定要注意这种‘人和’条件上的暗伤。”

而在尚仲敏看来，他那篇文章并无讽刺的成分，海子仍然是他非常尊敬的朋友。2009年1月16日，淡出诗坛近20年的尚仲敏在读到《海子评传》后，提笔写下了一篇短文《怀念海子》，对当年与海子的交往情况进行了简要介绍，并对燎原的批评进行了回应。

尚仲敏说，海子1988年上半年来成都，四川诗人表现得不尽热情。一方面因为四川诗人的恃才自傲，另一方面是因为海子本人的沉默少言和过于内敛的性情。当年的诗坛纯粹是一个江湖，诗人相见往往对酒当歌、壮怀天下，而海子则儒雅得有点书生气，与四川诗人显得格格不入。那个时候，尚仲敏在一所电力学校教书，有一间房子，海子在那里住了一周左右，两人朝夕相处。虽然海子很少喝酒，但尚仲敏每天仍会去买一瓶沱牌曲酒回来，两人通宵达旦地饮酒长谈。他自己很喜欢海子，也看得出海子与世俗的格格不入，因此他当时多次开导海子，希望海子面对现实，做个有平常心的人。如果成就一代大师要以生命为代价，那还不如选择好好地活着。

在那段时间里，尚仲敏还专门为海子写过一首题为《告别》的短诗，表达了自己对待诗歌与生活的态度：

过往年代的大师
那些美丽的名字和语句
深入人心，势不可挡
但这一切多么徒劳
我已上当受骗
后面的人还将继续

生命琐碎，诗歌虚假无力
我们痛悔的事物日新月异
看一看眼前吧
歌唱或者沉默

这一切多么徒劳

从这首诗我们可以很明显地看到，在诗歌观念方面，海子和尚仲敏的确是有分歧，海子“纯净而又脆弱的心灵，承担了太多的人类命运和时代苦难”，而尚仲敏更喜欢平实而贴近生活现场的作品，他认为诗歌具有局限性，有时候，诗歌在日新月异的事物面前，甚至“虚假无力”。这也许是他写出前面那些被认为是“讽刺打击”的话的最终目的，也是被人误读的最大原因。

也许是过于热爱海子，在《海子评传》中，燎原对尚仲敏这个“伤害”过海子的诗人，下笔甚至比尚仲敏在《非非》上评价海子时更不客气：“尚仲敏，当时四川青年诗人群中的晚生代诗人。作为诗人，未能有作品在那个时代留下更深的印痕。他与诗歌有关的最大作为，则是1986年在重庆大学读书期间与人合办过一张《大学生诗报》。顾名思义，《大学生诗报》本是几个大学生自办的一张报纸，但它给人造成的模糊性印象，则成了中国大学生们的一张诗歌报纸。尚仲敏也因而将错就错地成为1986年‘两报诗歌大展’上‘大学生诗派’的发言人……”

而据我了解，当时的《大学生诗报》并不像燎原所说的那么幼稚，用周伦佑在《当代诗歌：跨越年代的言说》一文中的话说："1985年由燕晓东、尚仲敏等人发起的'大学生诗派'运动向'朦胧诗'发出公开的挑战，对'第三代诗'的形成起到了有力的推动作用，功不可没。"当年，尚仲敏的影响即使不比海子大很多，也至少不在海子之下，他的作品如《卡尔·马克思》《渴望生活》《我在等一个人，想不起她的名字》颇有影响。更重要的是，那个年代，诗歌的"气场"比较纯正，诗人之间对于诗歌的批评，时常是坦率而严厉的，不像今天那样喜欢昧着内心虚伪地恭维。因此，也难怪尚仲敏在《怀念海子》一文的结尾这样对燎原说："如果你真的对诗歌怀有真诚，你就应该回到80年代，一个字、一个字地读读那个年代的诗，也读读我本人的诗……"

让海子难以承受的并不止此，诗人芒克在《瞧！这些人》中提供了另一个例子："我看过西川写过一篇关于海子死因的文章，里面提到海子在死前不久，曾遭到一些诗人对他的诗作严厉的批评和否认。这对海子的打击很大，以至成为海子自杀的原因之一。我想不起那一天西川是否在场。当时的聚会是在我家里，来者挺多。……那天话说得最多的人是多多……多多言辞激烈只是针对海子写长诗的不足之处，我们都觉得他所讲的没什么不能接受的。诗人之间因诗发生争论太正常不过了。当然你也可以只去写你的，让他说他的。我还以为海子对此满不在乎呢，因为那天他几乎一声不吭一句话也没反驳。”

芒克的文章只是说“多多言辞激烈”，那么，多多究竟说了什么让海子觉得难受的话呢？我在《王家新：我的寂寞是一条蛇》一文中找到了答案：“有一次在我家举行的诗人俱乐部活动，去了二三十人……大家沉默了二三分钟之后，海子自告奋勇地念了一首他的诗，没什么反响，‘我再念一首吧’，接着念了一首新写的比较长的和草原有关的诗，这一首节奏更为缓慢，依然没有什么反响，气氛就有点尴尬。多多说话了：‘海子，你是不是故意要让我们打瞌睡呢？’就是这句话，使多多后来深深地内疚不安。”

而在《打捞诗歌的日子》一文中，评论家唐晓渡又提供了这样一个细节：“我们的诗人俱乐部成立于1988年7月，当时我、杨炼、芒克同住劲松，一次和杨炼聊天，说到应寻求一种更直接、也更日常化的交流方式，于是一起去找芒克，几番讨论，定下了名称、宗旨、活动方式等，然后以我们三人的名义发起，邀请一批我们认为合适的诗人参加，包括林莽、海子、西川、骆一禾、黑大春等。……其中只发生过一次不愉快，那天讨论的是海子的长诗《东方金字塔》，不少人都批评他结构有问题。一位批评者和海子都有点意气用事，批评者对海子说：‘反正你这样写不行。’海子反问：‘怎么不行？’于是不欢而散。”

芒克、王家新、唐晓渡等人所说的，应该是同一次活动，虽然结果相似，但细节各不相同，也许是因为事过境迁，回忆不可避免地出现了偏差。但不管怎么样，批评者“言辞激烈”，无非是“海子，你是不是故意要让我们打瞌睡呢”“反正你这样写不行”，即使是有点霸道的“说你们不行就是不行”，也不算什么难以承受的事情，正如王家新和芒克所说，“了解80年代诗歌圈子的人知道，那时的人们就是这样在一起谈诗的，不像现在有那么多的矜持和顾虑”；“没什么不能接受的。诗人之间因诗发生争论太正常不过了”。

虽然文友之间的坦诚与苛刻是十分常见的事，不过，现在回想起来，海子难以承受，也许与批评者的姿态有关，那是一种真理在握、自认“老大”，甚至有些居高临下的姿态，像海子这样有强烈自尊心的人不可能不在乎，所谓“士可杀不可辱”啊。同时，海子在这个过程中感到受了伤害，也可能与他当时的处境有关——他太渴望得到朋友们的肯定了。否则在那样的环境下，作为一个男人，即使仅仅为了体现风度，也不见得会为这样的批评而生气的。

有意思的是，在芒克的回忆中，这一事件发生在芒克家里；而在王家新的回忆中，事件则发生在王家新家里。那么，到底发生在谁的家里呢？我没有能找到当时参与聚会的第三个人的证明。其实发生在谁家并不重要，不管发生在谁家，不管是何种原因，海子受到了“伤害”。

“面朝大海”的痛苦

《面朝大海，春暖花开》创作于1989年1月中旬，这是很多人心目中的海子代表作，这首诗语言浅近优美，意蕴悠远，现在已经是流行最广的当代诗歌之一，很多人即使不知道作者是谁，也会熟悉这首诗。现在，包括广告业、房地产业都时常引用里面的句子。比如说，某个楼盘，为了形容地理位置优越，常常喜欢说“面朝大海，春暖花开”。先来看看原诗：

从明天起，做一个幸福的人
喂马、劈柴，周游世界
从明天起，关心粮食和蔬菜
我有一所房子，面朝大海，春暖花开

从明天起，和每一个亲人通信
告诉他们我的幸福
那幸福的闪电告诉我的
我将告诉每一个人

给每一条河每一座山取一个温暖的名字
陌生人，我也为你祝福
愿你有一个灿烂的前程
愿你有情人终成眷属
愿你在尘世获得幸福
我只愿面朝大海，春暖花开

这首诗具有多种阐释角度，比如有人认为，诗歌中的“我有一所房子”指的是世俗生活中的房子，而另一些人则认为，这里的“房子”指的是坟墓。对同一个词的两种理解方式，使这首诗的含义截然有别。

先看第一种。

海子的朋友孙理波曾于2009年10月7日在天涯论坛的《闲闲书话》专栏中写过一篇《“蔬菜和粮食”的由来》，谈论了《面朝大海，春暖花开》的创作背景：

1988年深秋，一天下午，我俩又如往常一样，去小区路口小店买东西，那时每天都有一些农民在路口设摊卖菜，有些放在板车上，有些席地而设，一边卖一边吆喝，一幅暖暖的生活图景。我指着卖菜的老农对海子说，人家这才是生活啊。也许那时我们正在看《等待戈多》的缘故，海子发出他一贯的笑声，“嘿嘿，你对司空见惯的东西开始怀疑，说明你有荒诞感了”。在买完东西回去的路上，我们又在议论刚才的感觉，其实，生活本身不复杂，你看那老农，白天种菜、卖菜，晚上回去喝点儿二锅头，嘿，老婆孩子热炕头。我们似乎在那个时刻都意识到生活无需太多。不是否定我们平时一贯的思想，而是感到我们平时那么多的忧虑，与生命的存在、与生活本身有些“隔”。好像那时我们都感到，想做个“幸福的人”其实不难啊！

年末放寒假前，海子拿了几张稿子到我屋里来，对我说，“我把那天我们聊天的感觉写了一首诗，你看看”。三四张的稿子有十几段，我看后对他说：这首诗还比较轻松，不像有些诗，感觉就是血、刀与死亡。另外，我又说，看来你还是比较喜欢大海啊。因为，他以前告诉过我，在去北戴河之前，他从未看到过大海，因为向往，他在暑假时去了一趟离北京最近的海边。

我们现在读到的《面朝大海，春暖花开》是海子在初稿的基础上修改和删减过的，比初稿要简练，主题更突出。

由此看来，《面朝大海，春暖花开》写的其实就是海子对日常生活的描述，以及他对大海的向往，并没有什么暗示性。

应该说，作为海子多年的朋友，孙理波的理解自有其道理。但是，如果诗歌仅仅是日常生活的平面描摹或转述，那么我们写一篇小散文，甚至用相机拍张照片就行了。我们知道，文学作品，特别是位于文学金字塔顶端的诗歌，是极其丰富和幽深的艺术，它不仅表现的是作者的生活面貌，更是内心的思绪，甚至是某种连作者也无法预知的潜意识感受。因此，从海子的人生历程和最终命运看，我更愿意把《面朝大海，春暖花开》理解为一首忧伤的歌谣。诗歌里的三个词——明天、房子、尘世——有助于我们进入文字深处。

我们先来看看“明天”这个词。诗人为什么要“从明天起，做一个幸福的人”，“从明天起，关心粮食和蔬菜”，“从明天起，和每一个亲人通信”，而不是

“从今天起”？显然是因为他的“今天”很糟糕，或者在他的意识里已经没有了“今天”。那么“明天”是什么呢？毫无疑问，是指“来生”。对世俗绝望的诗人希望来生没有那么多的痛苦，希望过一种“幸福”的生活。

在诗人眼里，什么样的生活才是幸福的生活？首先，是无牵挂的隐逸者的生活——“喂马、劈柴，周游世界”；其次，是一个平常百姓的生活——像普通人一样“关心粮食和蔬菜”“和每一个亲人通信”。这正好反证出诗人的难堪，他不仅无法逃离城市的重压，就连这些最普通的生活也没能得到。所以，他只能寄希望于“明天”。

再看看诗歌中的“房子”。很多读者望文生义，想当然地以为“房子”就是现实生活中的房子，而且是“面朝大海”的海景房。有一所房子，面朝大海，和自己的爱人享受春暖花开，那是多么浪漫的事啊。但这个和诗人的本意南辕北辙了！从诗人的生活经历和这首诗透露出的信息来看，“房子”实际上是“坟墓”的同义词。为什么这么说？大家再看看诗歌的倒数第二句“愿你在尘世获得幸福”。只有不在尘世的人才会这样祝愿别人，对吧！有谁见过一个正常的人这样祝福另外一个人——“愿你在尘世获得幸福”的？

所以，综合这三个关键词的指向，以及海子的人生经历，我们可以断定整首诗的基调是“苍凉”和“绝望”。诗人把自己在生活中无法获得的“灿烂的前程”“有情人终成眷属”“在尘世获得幸福”作为祝愿，送给了活着的人们，而他所需要的，只是一座面朝大海的坟墓。

“面朝大海，春暖花开”也是这首诗的关键词，标题里出现一次，内文出现两次。表面上是说希望能够葬在海边，实际上暗示的是诗人对自然的主动靠近。与现实生活中的“人群”对等的，正是诗人想象中的“大海”，大海是博大的、宽容的，诗人希望“面朝大海，春暖花开”，也就是在渴望人们用大海般宽广的胸怀接纳他。而他活着的时候并没有享受到这个看似普通的待遇。所以，“面朝大海，春暖花开”既不美丽，也不温暖，它反衬出的仍然是人对现实的无力感。

还有一个比较有意思的说法：海子写这首诗是为了祝福即将去太平洋彼岸的美国生活的前女友，诗歌中的“大海”其实就是指茫茫太平洋。

的确，我们可以从海子在1989年元月以后的诗歌中发现，“太平洋”多次出现，其中2月3日写的《折梅》一诗甚至想象过这样的细节：“太平洋上海水茫茫 / 上帝带给我一封信 / 是她写给我的信 / 我坐在茫茫太平洋上折梅，写信。”但是这种理解方式也比较牵强，“大海”和“太平洋”并不是1989年元月之后才出现在海子诗歌中的。即使按照这个角度理解，也正好印证了上面所说的“绝望”的底蕴。对“有情人终成眷属”的祝福，对“太平洋彼岸来信”的想象，都反证出了海子内心的痛苦。

西川的哈尔盖与海子的德令哈

尽管西川多次公开表示不喜欢早期的作品，但我相信大部分读者在移目90年代中期以后西川那些繁复、智性又带有一点神秘感的文本的同时，不会忘记多年以前为他带来巨大荣誉的《在哈尔盖仰望星空》。这首诗语言简练而内涵丰富，从1986年2月在《诗神》发表之日起，就一直被认为是西川的代表作。

诗不长，且引用如下：

有一种神秘你无法驾驭
你只能充当旁观者的角色
听凭那神秘的力量
从遥远的地方发出信号
射出光来，穿透你的心

像今夜，在哈尔盖
在这个远离城市的荒凉的
地方，在这青藏高原上的
一个蚕豆般大小的火车站旁
我抬起头来眺望星空
这时河汉无声，鸟翼稀薄
青草向群星疯狂地生长
马群忘记了飞翔
风吹着空旷的夜也吹着我
风吹着未来也吹着过去
我成为某个人，某间
点着油灯的陋室
而这陋室冰凉的屋顶
被群星的亿万只脚踩成祭坛
我像一个领取圣餐的孩子
放大了胆子，但屏住呼吸

这首诗可分为三个层次，第一层为前五句：“有一种神秘你无法驾驭／你只能充当旁观者的角色／听凭那神秘的力量／从遥远的地方发出信号／射出光来，穿透你的心。”写的是对大自然的一种认识，突出了某种强大而又“无法驾驭”的神秘力量的地位。在博大的宇宙面前，人类是如此渺小，“只能充当旁观者”，承纳自然的神启。这五句确立了全诗的基调——它的重点不是人，而是神奇的、浩瀚无边的宇宙。由此也可以看出作为一个诗人的西川的胸襟和抱负。

第二层从“像今夜，在哈尔盖”一直到倒数第三句“被群星的亿万只脚踩成祭坛”。在这一部分里，诗人对身处的环境进行了客观描述，展现出了时间凝固感和空间的空旷感。视角从地面移向星空（“抬起头来眺望星空”“青草向群星疯狂地生长”）；描述之物从具象的“蚕豆般大小的火车站”，到抽象的“河汉无声，鸟翼稀薄”、忘记了飞翔的“马群”、“吹着空旷的夜也吹着我”的风；心灵的感受从固定的时间（今夜）到广阔的空间（风吹着未来也吹着过去）。这些描述，强化了第一部分的结论：与无边的宇宙相比，人太渺小。最后，又从广阔无边的星空回归到具体的“人”和“物”身上——“我成为某个人，某间点着油灯的陋室”。所有这些，不仅营造了一个开阔旷远的境界，也进一步增强了其中的神秘感。

有了前面的情景铺垫，最后两句就来得顺理成章了：“我像一个领取圣餐的孩子 / 放大了胆子，但屏住呼吸。”承接了前面使用过的方式，将视角从对客观事物的描写重新拉回到主题，通过“圣餐”“孩子”“放大了胆子”“屏住呼吸”的描述，说明了“我”沉浸其中的投入，以及被壮美的自然景象所征服的虔诚状态。到了这一境地，诗歌不仅仅是诗歌，而成为一种抚慰心灵、提升万物的宗教。

因此，我们也可以这么认为：在哈尔盖这样一个寂静而且接近天空的地方仰望星空，实际上指向了诗歌作者对纯洁与神性的敬畏与向往。

关于《在哈尔盖仰望星空》的创作经历，西川曾在一些文章中有所涉及。

1985年6月，西川从北京大学英语系毕业后，进行过一次漫长的旅行。先是随北大“智力支甘服务团”赴甘肃兰州、酒泉帮助当地培训英语师资一个月，然后赴嘉峪关、敦煌、青海西宁、哈尔盖。此间新华社同意接收西川，于是西川在8月份返京，到新华社国际部报到。没几天，便作为新华社实习记者赴山西太原，然后旅及五台山、运城，陕西米脂、绥德，河南洛阳、登封，内蒙古呼和浩特、包头，四川成都等地，历时半年，直到次年元月份才返回北京，整个行程超过三万公里。

在去青海之前，西川与几个同学打定主意要去看青海湖。他们在地图上发现青海湖离一个叫哈尔盖的地方很近，谁料到，下了火车，才发现四处空空荡荡，只有几个揣着刀子的藏族人在站台上游荡。在当地人的提醒下，西川一行找到了驻扎在那里的军队。第二天，在那个部队一个连长的帮助下，西川等人坐上了去青海湖的卡车。

> 我们的车在荒原上开了很长很长的时间，上了一个高坡之后，青海湖突然展现在我们眼前，大鸟像飞机一样在头顶盘旋，那种感觉真是太好了。从青海湖回来，我们住到火车站旁边的一家小旅店里，夜里我出来，抬头一看，又傻了眼：满天的星斗啊！世界上除了大地就是星空，和这个小火车站，然后我就写了《在哈尔盖仰望星空》。（西川：《幻觉在创造历史》）

正如西川所说，那一趟旅程对他“太重要了，完全是做了一次自我教育，眼界一下子就开阔了，我开始了解不同人的生活，体会到贫穷，还有贫穷本身蕴含的生命力。我意识到我要摆脱学生腔，写作必须容纳地平线”。而西川的诗歌，也是从《在哈尔盖仰望星空》之后逐渐走向成熟的。甚至有一些诗人认为西川80年代的作品在质量上要高于90年代以后，因为它们简洁而机智，不像90年代以后那么纷繁，那么“学者化”。

《在哈尔盖仰望星空》与《体验》《起风》等作品一起，构成了西川早期艺术大厦的结实框架，西川后期诗风的改变也是站在它们肩膀上的。因此，即使西川认为它们“很幼稚”而将它们“抛弃”，作为读者，我们也不能忽略它们。

事实上，西川也是矛盾的。他一方面表示“不喜欢”早期的作品，另一方面，在接受记者采访时，又不无得意地说：“有人知道德令哈，是因为读了海子的‘姐姐，今夜我在德令哈’，有人知道哈尔盖，是因为我写了《在哈尔盖仰望星空》。”这样看来，西川“不喜欢早期的作品”不过是谦虚之辞而已。

再说说海子的德令哈。德令哈也是青海省一个小城。1988年暑假，海子开始了他的第二次西藏之旅，火车经过德令哈市时，这个名字出现在海子的诗歌中，如今，这首名为《日记》的短诗，已经成为今天流传最广的海子作品之一：

姐姐，今夜我在德令哈，夜色笼罩
姐姐，我今夜只有戈壁

草原尽头我两手空空
悲痛时握不住一颗泪滴

姐姐，今夜我在德令哈
这是雨水中一座荒凉的城

除了那些路过的和居住的
德令哈……今夜
这是唯一的，最后的，抒情。
这是唯一的，最后的，草原。

我把石头还给石头
让胜利的胜利
今夜青稞只属于他自己
一切都在生长
今夜我只有美丽的戈壁　空空
姐姐，今夜我不关心人类，我只想你

海子诗歌的特点之一，是抒情的直接，与读者没有障碍。这是海子作品广泛流传的一个原因。因此，对于《日记》，我们无需画蛇添足地浪费笔墨进行阐释。这首诗的名气有多大我们难以估量，但可以肯定的是，如果没有海子的《日记》，德令哈不会成为中国文学作品中一个标志性的词汇。2012年7月，德令哈市举办中国首届“海子青年诗歌节”，并专门前往海子的母校北京大学举行新闻发布会。但西川的哈尔盖就没有海子的德令哈这种“福气”了，尽管《在哈尔盖仰望星空》让哈尔盖成为文坛地标，尽管西川本人也是当代诗歌的代表性人物，但30年来，似乎没听说过青海方面对“哈尔盖”有什么表示。这里面有什么原因呢？大概是因为西川的经历没海子那么传奇——世界就是这么“奇妙”！

从上面这两首诗也可以看出，虽然西川与海子是多年好友，且当年时常交流，但他们的诗歌风格几乎没有交叉。海子飘逸、热烈，有飞蛾扑火般的激情；西川则相对冷静、节制，如智者般敏睿。两种品质，诗歌兄弟俩各取一边，并且都达到了相当的高度，实在令人殷羡。只是不知道海子笔下的“姐姐”是谁。我想，无论这个“姐姐”现在身在何方，无论她是否还记得有这么一个诗人弟弟，她是幸福的。

谁更接近真实的策兰

虽然在1980年代初“朦胧诗”如日中天时就已出道，但王家新获得更深入的影响则在80年代中期以后，人们普遍将其视作“后朦胧诗”最重要的代表人物之一。与一些诗人只专注于诗歌创作不同，新千年以来，王家新还兼有高校教授的身份，在诗歌研究和翻译领域均有出色表现。王家新随笔和诗论的一个重要主题是讨论外国诗人对中国诗人、特别是对他本人的影响，而他又希望自己对外国诗歌大师作品精髓的吸收与理解过程能给中国读者以启发。因此，王家新把写诗学随笔和翻译当作“为诗歌工作的另一种方式”。

在王家新的译作、诗学随笔和评论中，对德语诗人保罗·策兰（Paul Celan，1920—1970）的解读和翻译是非常重要的一部分，2002年7月，河北教育出版社出版了王家新和芮虎翻译的《保罗·策兰诗文选》，收录了策兰的100余首诗和部分散文、获奖演说辞、书信等。这是策兰第一部译成中文的作品集，在当时颇受关注。至今，王家新已撰写了大批与策兰相关的随笔并收录于《为凤凰找寻栖所》《雪的款待》等文集中。

据王家新介绍，在翻译策兰诗歌的过程中，他一再感受到了策兰诗歌的翻译难度，并以此为基准，确定自己的工作态度。王家新认为，对策兰这样一位诗人，没有任何一个翻译家能完全理解他，或是有绝对的把握来翻译他，我们要求自己的，只能是忠诚和耐性，是对诗的敬重以及对翻译本身的局限性的觉悟。因此，对翻译来说，首先要求的是“诚实”。

也正是在这个问题上，王家新与北岛有了一次“交锋”。

2004年，北岛在《收获》杂志上撰写专栏，介绍外国著名诗人的生活和作品，每一篇文章都用很大的篇幅来谈论翻译，将其他人的译作与北岛自己的译作进行对比，并对各种译本的优劣“品头论足”。在当年《收获》第4期发表的《策兰：是石头要开花的时候了》一文中，北岛对王家新翻译的策兰名作《死亡赋格》和钱春绮先生的译本《死亡赋格曲》提出了尖锐的批评，认为他们的译作“失去了原作那特有的节奏感”，甚至声称王家新的译文“把诗歌降到连散文都不如的地步”。同时，北岛还对王家新的《花冠》《数数杏仁》等译作提出了批评，他认为王家新和芮虎翻译的《花冠》有四个“问题”：题目译成“花冠”过于轻率；过度阐释；语序牵强，“洋泾浜”；缺乏语感与节奏感。

在列举了王家新、芮虎和钱春绮翻译的《数数杏仁》之后，北岛将几个翻译家的“问题”上升到了“犯罪”的高度：“我们常说的所谓翻译文体，就是译者生造出来的。我并非想跟谁过不去，只是希望每个译者都应对文本负责。谁都难免会误译，但由于翻译难度而毁掉中文则是一种犯罪。”

读到北岛的批评后，王家新写下了长达万言的反批评《隐藏或保密了什么——对北岛的回答》发表在2004年第6期《红岩》杂志上（该文后来收入北京大学出版的专著《为凤凰找寻栖所》时标题改为《隐藏或保密了什么——与北岛商榷》），阐述了自己的翻译立场和角度。王家新从北岛至为注重的“语感”和“节奏感”谈起，对北岛的指责逐条进行反驳，详细地介绍了自己对策兰作品的理解，并对北岛的翻译态度提出质疑。

王家新认为，北岛的译本与此前的很多译本相比，并没有“正确”和“高明”到哪里去，因此，他对北岛的“真理在握”感到难以置信。不仅如此，在很多方面和很多关键性的地方，北岛都套用了别人的翻译，包括他所批评的王家新和芮虎的译本以及钱春绮的译本。这一点，正如北岛自己在另一篇文章所说，他对里尔克诗歌的翻译是在参照冯至、陈敬容和绿原等人的译本后，“扬长避短”而“攒”成的。王家新不无讽刺地质疑道：“套用、参照或‘攒’用了别人的翻译，而又转过来以权威的姿态对别人进行评说乃至抹杀，这可以说是翻译史上的一个创举。我不知北岛是从哪里得到这种勇气和特权的。”

此外，王家新还指出，在介绍策兰和里尔克的长文中，北岛大量引用了别人的传记资料，但又一概不注明出处，而让人误以为这是北岛自己的成果，这种做法“同样使人难以置信”。

最后王家新含蓄地点破了他与北岛更深层的分歧：

> 可惜的是，像北岛这样一位我所尊重的诗人却没有给我带来更多的这样的教益，相反，他的做法和许多指责都已超出了正常的范围。在人们付出了艰辛的劳动之后，他出来“总结”了。总结一下也无妨，但其目的应是把人们导向对诗歌和诗人、对那些备受伤害和曲解的精神事物的更

深入的理解，而不是别的。我想问题就出在这里。由此，我也愈加警觉到一种文化反思和自我反省的重要性。……多少年来，人们一直寄期望于北岛和其他一些中国诗人能在这些根本问题上对这个时代的人们讲话，能在诗的语言之间有一种更为纵深的撼动力，甚或能成为如鲁迅所说的那种“人的灵魂的伟大的拷问者”，但现在看来，我们还能抱这样的期望吗？

如果说上面这段话还比较委婉，那么，2009年4月30日，王家新在台北德国文化中心演讲时，所举例子的指向要明确很多：“有一位著名人物，明明是读了、参照了并受益于别人最初对策兰的翻译，到后来却以权威的姿态评判一切，并摆出一副‘正好我手边有某某的译本’的姿态。这里且不谈他后来‘攒’出来的译本中的错误及问题，他这种姿态和做法已远远超出了作为一个诚实译者的底线。我想，我们总不至于用自己放大的影子来挡住从死者那里递过来的灯吧？！”

对于王家新的“反击”，北岛没有回应。而两人的交锋余音不绝，许多诗人和诗歌翻译家都发表看法，对两人的翻译成果各有褒贬。其中最为引人注目的是诗人、翻译家黄灿然在《读书》2006年第7期和第8期发表专文，批评北岛的诗歌翻译能力。这篇题为《粗率与精湛》的长文，虽然表面上没有涉及“北、王之争”，但客观上构成了对王家新一方的有力支持。黄灿然通过对北岛翻译洛尔迦诗歌的分析和讨论，批评北岛的译笔。他认为北岛是在改译戴望舒的译作，而且“从小处看，北岛有些改动看似简洁，但从大处着眼，这些改动整体上使全诗变得平板。过分执着于简洁，往往使简洁变成简单”，“一再把原来译对的改错了”。就具体的某一首诗歌的翻译上，黄灿然还拿北岛与戴望舒相比，“就准确性而言，戴望舒是根据原文，并参考法译和英译，这比起北岛只懂英文却拿英译来纠正从西、德、俄、瑞典语原文翻译的中译本，要严谨好几倍”。

黄灿然得出的结论是：北岛想翻译出新意，但因为种种局限，“恰恰使他一开始就与自己假定要达到的目标背道而驰”；更为严重的是，“这样改译一位前辈的经典译作，是没有先例的；这样不提供改译的证据和不给出原译、英译和原文做参照，是前所未闻的；而改译者在提到他对原译‘做了某些改动’时那轻描淡写的语气和提到原译实际上并不存在的缺点时那不容置疑的口吻，与他真正制造的众多瑕疵和严重错误之间构成的强烈反差，则不能不使人感到遗憾”。

黄灿然的文章发表之后，《读书》随即在当年第10期发表了杨立华的文章《批评中的自律》，替北岛回应了黄灿然的种种质疑。

杨立华认为，黄灿然对北岛的文章有误读成分，“轻描淡写地用北岛改动原译的理由，替代了北岛对戴译的真实态度”；黄灿然的文章，有意构造一种“生硬”的态度，“选择的倾向性未免太过明显”；而且，“有诸多武断得令人吃惊的地方”……

针对黄灿然文章中重点谈论的“北岛的翻译缺乏音乐性”的问题，杨立华也为北岛开解，“奢谈音乐性是《粗率与精湛》一文最触目的方面。而且，音乐性也是黄先生衡量戴译和北岛的改译之间品质差别的最主要的尺度和标准。但对于如此根本性的概念，黄先生除了一些空泛的讨论外，却并没有给出多少真正有分析性的见解。音乐性似乎完全取决于黄先生个人的汉语‘口感’”。

杨立华总结道：“总的说来，黄灿然先生这篇文章虽然不无精彩之处，但实在应该更多一些诚恳，更注意作为批评者的自律。”

在这场笔战中，北岛和对待王家新的质疑一样，没有写出相关文章正面回应，只是在一年多以后的

2008年2月28日接受《新京报》记者采访时发表了简短的意见："你也不妨看看《读书》随后发表的杨立华的回应文字。我不想在这儿讨论争议的细节。"并坦承，"我在书中没有讳言，除了英文我不懂其他外语，这是我的批评的局限。"

众所周知，文学翻译是一项异常艰苦的工作，需要译者进行大量的前期准备工作，比如各种资料的积累，对外文的掌握程度等。但仅仅存积了各种资料还不够，还需要对原作内涵、背景、节奏的深入了解。一首完美的译作，不仅需要译者具备高超的感受力和理解力，完美地体现原作的意蕴，还不能擅自主张，对原作的内容进行增加或删减，因此，翻译也是"戴着镣铐跳舞"，其困难程度不亚于一次再创作。与此同时，文学翻译工作也可以证明一个译者为人的诚实度，除了极少数的开创性工作，大部分翻译家的工作都是建立在众多前辈和同行的成果的基础上的。那么，即使这些前辈或同行的译作有所疏漏，只要给予了自己启发，作为后来者，就应该怀有感激之情。在王家新和黄灿然看来，北岛至少在对策兰的翻译上，缺乏诚实的品质。

也许，对待同一个诗歌大师，北岛与王家新的区别不仅在于对作品的领悟能力以及态度是否诚实，还有态度上的区别。

面对大师的作品，王家新主动将自己置于一个读者和一个学习者的立场。他的许多文章中，频频出现这样的文字：“对于策兰和里尔克这样的诗人，我永远要求自己的是去读，是用自己的一生来读，哪怕他们的诗我并不是全部理解或喜欢，哪怕随着我们阅历的扩展我们看到了他们的某种局限性。”“从这些诗中体现的那种罕见的对苦难内心和语言内核的抵达，那种对一个诗人命运的承担，那种从词语间显现的‘痛苦的精确性’，都深深地激励着我。”“的确，这是‘最难理解’的一部诗集，迄今我仍不敢说我读懂了它的每一首诗，我想这对我或其他任何读者来说都是不可能的……我不敢说我就能胜任，更不敢说我译出的就是‘德语中的策兰’，我所能做的是尽力译出我心目中的策兰。”

而北岛的字里行间，常常“一不小心”就表露出可以与大师并肩而坐的自傲。比如在《策兰：是石头要开花的时候了》中，分析完策兰《花冠》一诗之后，北岛首先赞美《花冠》“是最伟大的现代主义抒情诗之一”，紧接着又说，这首诗“和特拉克尔的《给孩子埃利斯》和狄兰·托马斯《那绿色导火索催开花朵的力量》一起，作为任何时代任何语言最优秀的诗篇，由我推荐并选入2000年柏林国际文学节的纪念集中”。这种语气多少可以看出北岛的姿态。难怪王家新在谈到这一点的时候，不无讥讽地说了一句：“看来策兰有福了！”

而在《里尔克：我认出风暴而激动如大海》一文的开头，北岛写道：“里尔克一生写了2500首诗，在我看来多是平庸之作，甚至连他后期的两首长诗《杜伊诺哀歌》和《献给奥尔甫斯十四行》也被西方世界捧得太高了。”在分析了《秋日》一诗后，北岛说：“正是《秋日》这首诗，使里尔克成为20世纪最伟大的诗人之一。”该文的结尾部分，北岛又收回了自己的意见：“行文至此，我对开篇时对两首长诗的偏激做出修正，这与我重新阅读时被其中的某些精辟诗句感动有关。”由此可见，北岛对一个诗人定位的严谨性——从另一角度而言，是“随意性”。既然在策兰和里尔克等大师面前都如此自持，我们也就不难理解北岛说出“（王家新的译作）把诗歌降到连散文都不如的地步”时的自得了。

看来，对翻译这门“手艺”的理解有别，对诗人的姿态迥异，分歧在所难免。

作家与编辑的“过节”

事情要从1998年轰动文坛的“断裂”行为说起。

1998年5月1日，韩东与朱文决定进行一次“大动作”，向全国数十个青年作家发出一份问卷，请他们回答一些非常具体的问题，然后根据作家们的回答进行统计并形成文件公布出来。

从5月12日发出问卷，至7月13日，朱文发出问卷73份，收回55份，加上朱文本人的答卷，共56份。随后，朱文对各个作家的答卷进行了统计，并写下了13则“工作手记”。《岭南文化时报》《文友》和《街道》杂志相继发表了问卷的部分内容，在一定范围内引起反响，《南方周末》《精品购物指南》等媒体进行了报道。

1998年10月，《北京文学》以《断裂：一份问卷和五十六份答卷》为题发表了这56份答卷，以及作为附录的“问卷说明”“答卷数据统计”“工作手记”，还发表了韩东的《备忘：有关“断裂”行为的问题回答》等内容。由下面节选的几段文字可以看出，韩东的答卷的尖锐程度：

> 当代文学评论并不存在。有的只是一伙面目猥琐的食腐肉者。他们一向以年轻的作家的血肉为生，为了掩盖这个事实他们攻击自己的衣食父母。另外他们的艺术直觉普遍为负数。
>
> 我对《读书》《收获》两大名刊的评价是：知识分子和成功人士平庸灵魂的理想掩体。
>
> 我对《小说月报》《小说选刊》两大权威选刊的评价是：如果作为最差小说的选本，它的权威性将不容置疑。
>
> 我对茅盾、鲁迅两大文学奖的评价是：如果作为当今最恶劣小说的奖项它的公正性有目共睹。

56个作家的答卷发表之后，引起轩然大波。文学界议论纷纭，叫好的、讨伐的、看热闹的不计其数。在当时的中国大陆，互联网还远远称不上普及，但即使是在十多年后的今天，搜索一下“断裂问卷”这个关键词，仍然可以看到上千条相关新闻。

韩东对一些主要文学期刊的评价，令很多人不快。时隔9年之后的2007年，时任《收获》副主编程永新回忆往事，仍为韩东对《收获》的评价“知识分子和成功人士平庸灵魂的理想掩体”耿耿于怀：

> 我们可以说说韩东、朱文，为什么我们后来跟他们疏远了？快十年了，我一直对这件事保持沉默。他们在90年代后期，纠集一批刚刚学习写作的新人搞了个“断裂”，为了表示对现状不满，为了表示一种姿态，他们骂了很多东西，但是不应该骂《收获》。就像莫言说的那样，他们反对的很多东西也是我们所反对的。这是我很多年里，第一次正面谈这件事。那时的韩东和朱文从社会底层拱出来，内心比较压抑，对此我能够理解。其实说穿了，他俩就是嫌自己还不够有名。他们俩喜欢来事，却又缺乏搞运动的素质，像是发育不良的侏儒。对朱文我无所谓，我计较的是韩东。也就是说，任何人可以骂《收获》，你韩东不可以。什么道理我下面说。有一次上海写小说的张旻碰到我，为韩东说好话，他说韩东不知

> 道我还在《收获》，我说我在不在韩东都不可以骂《收获》，因为《收获》是哺育你韩东长大的母亲。中国有句老话叫做“子不嫌母丑”，这是道德底线。……你韩东骂《收获》就是违反伦理，为什么？《收获》整个改变了你的生活境遇啊，狼崽对狼母也有情的，何况是人。你连做人的起码道理都不清楚还混什么？（《关于先锋文学和先锋编辑》，载于程永新专著《一个人的文学史》，天津人民出版社2007年10月出版）

为了证明自己和《收获》对韩东的知遇之恩，程永新花费了不少笔墨来介绍自己与韩东的交往情况：

> 当年我去南京的时候，韩东他坐了辆“马自达”来见我，“马自达”就是三轮车。在茶馆见的面。他是经我同学黄小初推荐、介绍认识的。我知道他写诗，在诗歌界也有一定的影响，虽然并不属于我特别喜欢的诗。黄小初说他写了些小说，想见我。他用轻轻的声音告诉我他在大学里教学，讲课有心理障碍，不能当一个好老师，断断续续，嘟嘟囔囔，表达词不达意。很落魄的样子，给我一种病态的印象。后来他拿出一堆乱糟

> 糟的稿子来，是他断断续续写的六七个短篇。当时因为是黄小初推荐的人，我把他的稿子带了回来。
>
> 我第一次给他发了个很短的短篇，纯属是帮忙性质，严格的意义是人情稿。当然，他的文字很有特点，很洗练，很干净，叙述也很简洁，之前我听马原也提到过他，严格说，这篇东西按照我内心的标准，是不一定可以在《收获》上发的。但是出于情面，还是想帮他。后来我看其他杂志，如《作家》等杂志也发了他的短篇，这增加了他的信心，他连续写了不少东西，一直到他写出《反标》，那时我知道他一下子上来了，《反标》后来在文学界的影响也是比较大的，他后来一些重要的中篇都是在我们杂志上发的。

据程永新介绍，他不仅编发了不少韩东的中篇小说，还编发了韩东推荐的其他作家的作品，比如朱文和李冯。据程永新称，在《收获》发表朱文的小说《小羊皮纽扣》之前，朱文尚未在中国大陆发过小说。和韩东一样，李冯几乎所有的重要作品，也都是在《收获》发的。由此，我们也就不难理解为什么程永新面对韩东的“断裂答卷”时的那种憋屈和气愤了。

公平地说，程永新的这番话，有可以理解的“悲愤”。中国的传统，讲究知恩图报、礼尚往来。《收获》对韩东们如此青眼有加，韩东们的确没有必要对这份刊物“放狠话”。不过程永新在愤怒之中也有疏忽，首先，将参与“断裂”行为的56个作家定位为“刚刚学习写作的新人”，不甚妥当。诚然，这里面有少数几个作家年纪较轻，进入文坛时间不长，可以说是新人。但至少就我最为了解的诗歌方面而言，于坚、翟永明、吕德安、杨克等人都是成名十年以上的“老诗人”了，用“刚刚学习写作的新人”来界定他们，显然不能服众。当然，也许程永新这样说是基于某个极为苛刻的前提，比如与卡夫卡、艾略特等人的成就来比较，这56个作家的确都是“新人”。可是，如果真的与卡夫卡、艾略特比较，不独这56个作家，所有中国作家不都是“刚刚学习写作的新人”吗？

其次，程永新把韩东和朱文比喻为“发育不良的侏儒”，以及说韩东“嘟嘟囔囔”“落魄”“病态”，有失厚道。无论如何，韩东“骂”《收获》，是对刊物的一种态度，针对的是“物”，没有涉及到人身攻击，而将一个健康的人说成是“发育不良的侏儒”，不仅有失风度，而且明摆着的是进行人身侮辱了。

而韩东似乎在填写问卷的时候就已经预料到自己将来可能面临的指责，所以，他在1998年《北京文学》

第10期发表的《备忘：有关“断裂”行为的问题回答》一文里，专门谈到了这个问题：

> 我们备受指责的地方还在于所谓的“自相矛盾”。比如问卷上的问题涉及到对《小说选刊》《小说月报》《读书》《收获》、“鲁迅文学奖”等的具体评价问题。《小说月报》曾两次刊登我的小说，《读书》转载过我的谈话，《收获》五次刊登我的小说，我亦是“鲁迅文学奖”的提名人，《小说选刊》因没有刊登过我的小说特地向我表达了歉意，对此我将作何解释？我觉得所有这些与我对它们如何评价是两回事，它们对我个人所做的与它们的基本倾向以及所扮演的角色是两回事。如果有人因此指责我“恩将仇报”那也没办法。

反观当时“断裂”行为出现的大背景，我们也许可以很“中庸”地认为：程永新和韩东都没有错。从韩东的角度说，对《收获》的评价是整个“断裂”行为的一个小小的组成部分，他针对的更多的是一种文学体制，其中的偏激和决绝，也并不一定完全出自深思熟虑，而是一种策略上的需要。因此对于《收获》，可以说是一种无心之过，或者误伤；从程永新的角度来说，他身为《收获》的编辑，而且正好是韩东在《收获》发表作品的责任编辑，他为这个作品付出了很多劳动，甚至可以说是韩东的“伯乐”，他不可能不注重一个作者对曾经发表过其作品的刊物的评价，于是，作为众多回答中的一个，韩东对《收获》的评价被专门拎了出来，显得异常突兀而刺眼。当人们——特别是与《收获》关系良好的人们——把这一原本具有普遍性意义的观点落足到具体的细节之中，“忘恩负义”和“吃完奶后不认娘”的“帽子”也就无法避免地被戴上了。

这里面还牵引出一个值得深思的问题，那就是：究竟是刊物成全了作者，还是作者成全了刊物的问题。在某些人的心目中，刊物发表了作家的重要作品，作家应该心存感激，日后不能对刊物产生不敬。问题真有如此简单吗？我们不妨反过来想，如果作家的作品让更多的后来者认同并喜欢一份刊物，这份刊物是不是也应该对作者心存感激？选发优秀的作品原本就是编辑本身的工作职责，作为编辑，似乎不必因为自己曾当过“伯乐”而强求别人一辈子感恩戴德。所以，在遇到像“断裂”行为这样的特殊情况时，人们不妨宽容些，不必过于在意那些未经过深思熟虑的激愤之语。

我注意到，“断裂”事件之后很长一段时间，《收获》好像没有再发表韩东的作品，看来程永新是真的生气了。但一个优秀的编辑不会永远和自己的作者赌气，2012年4月，《羊城晚报》记者问程永新：“在当下的文学创作中，有哪些您认可的新一代先锋作家？”程永新很大方地回答:“这些年，我对李洱、韩东、薛忆沩、艾伟这批中间层的作家充满期待，因为他们的作品里，延续了一种文学的探索精神。”我还注意到，2015年7月出版的当年《收获》第四期推出了韩东的长篇小说《欢乐而隐秘》。

这个结局令人开心。

一个诗人的无奈辩白

1998年，于坚对“断裂问卷”的第七个问题“你是否以鲁迅作为自己写作的楷模？你认为作为思想权威的鲁迅对当代中国文学有无指导意义？”作出了如下回答：“我年轻时，读过他的书，在为人上受他影响。但后来，我一想到这位导师说什么‘只读外国书，不读中国书’‘五千年只看见吃人’，我就觉得他正是‘乌烟瘴气鸟导师’，误人子弟啊！”

起初，几乎所有人都以为，回答了就完事了，没有人找于坚的麻烦，孰料近十年之后的2007年底，于坚的诗集《只有大海苍茫如幕》获得了中国作家协会颁发的第四届鲁迅文学奖，这一回答的严重后果就显露出来了。一大批老作家频频发难，要求中国作协取消于坚的鲁迅文学奖资格，甚至给国家领导人写信，动用行政手段让于坚到鲁迅坟前磕头谢罪。

2009年春天，我在整理诗学专著《一个人的诗歌史》时，曾收到过朋友寄来的一份材料，这些材料主要收集于《文学自由谈》、《华夏诗报》、《文学报》（香港）等媒体，加起来长达万言，内容为于坚在2007年底获得鲁迅文学奖后，国内（包括港台）一些老作家撰写的批评和抗议文章。其中半数文章是从党性原则的立场对于坚获奖表达立场，个别作者与我还比较熟悉。比如一篇题为《获鲁迅诗奖的于坚是一个怎样的诗人？》的文章，一开头就写道："听说于坚申请鲁迅文学奖，令我大吃一惊。因为此奖项直接关乎到党对文学发展的导向问题，是一个非常严肃的大事。从于坚的人品与诗品表现，或文学艺术成就等方面，都远远够不上获得这一奖项，甚至是与这一奖项的精神是背道而驰的。"

还有一篇《于坚谩骂鲁迅已真相大白》的文章，作者在花了不少笔墨介绍"于坚骂鲁迅"的过程之后，聪明地撇开了评奖部门"失职"的嫌疑，得出"于坚骗奖"的结论："这些调查结果说明，于坚获鲁迅文学奖有骗奖之嫌，很可能是于坚向他的所在单位和上级主管部门讲了假话，很可能由此导致他的所在单位和上级主管部门向全国作协提供了不真实的情况，很可能由此造成全国作协错误发给他此奖项。为此，全国作协应认真调查并严肃处理此事。如果调查结果证实笔者所揭露的上述事实是真，建议取消于坚已得到的鲁迅文学诗歌奖，以此捍卫鲁迅文学奖的神圣性和公正性。”

末了，作者意犹未尽，又进行了一些补充和强调：“鲁迅是我国新文化运动的伟大旗手。在言论自由的今天，颂鲁迅还是骂鲁迅，虽然有每个人的自由。但我认为，对骂鲁迅的人，全国作协是不应授予鲁迅文学诗歌奖给他。在事实查明后，如果让骂鲁迅的人头上继续戴着鲁迅文学奖的桂冠，此已经贻笑天下的红色幽默，莫非还要延伸下去？！”

前面列举的虽然态度坚决，但还算恪守摆事实讲道理的范围，无可厚非。而另一些文章就没那么客气了，比如香港出版的2008年第一期《文学报》发表“水火土”的短文《鲁迅是骂不倒的》，就以这些文字作为结尾：“鲁迅是能够骂倒的吗？奉劝于坚先生，跳进澜沧江去，或北上投入黄河的怀抱，洗净你身上的污垢，再爬上岸来，看着今天的祖国，是个怎样的国度吧！”

面对一大群诗人气势汹汹的“围攻”，于坚似乎有些纳闷。在回答吴怀尧的提问中，于坚专门谈到了这一事件的来龙去脉：

> 批评鲁迅是十年前的事情了，韩东、朱文当时私下给一些朋友寄问卷，在当时的心境下我随便在问卷上写了几句，没想到他们拿去公开发表了，成了著名的“断裂”事件。后来鄢烈山将我这几句——“我年轻时，读过他的书，在为人上受他影响。但后来，我一想到这位导师说什么‘只读外国书，不读中国书’‘五千年只看见吃人’，我就觉得他正是‘乌烟瘴气鸟导师’，误人子弟啊！”——在《南方周末》上发表文章批评。

看来，于坚“骂”鲁迅，是有前提的，甚至说不上“骂”，只不过是针对鲁迅先生“只读外国书，不读中国书”“五千年只看见吃人”的说法表示不同意见而已——也许在当时，鲁迅提倡“只读外国书，不读中国书”，并看见“五千年只看见吃人”自有他的理由，但这个道理不是公理，时过境迁，如果仍将此奉为圭臬，显然大可不必。

于坚进一步阐明自己对“乌烟瘴气鸟导师”的理解，并一再表白对鲁迅的崇敬：

> “乌烟瘴气鸟导师”其实是鲁迅骂别人的话。我青年时代一直迷信他对中国传统的激烈批判，

但后来我开始重新思考。他的作品值得从许多方面来思考，正说明他的丰富。我当然不会否定他，他是我文学上的启蒙老师之一。我少年时代有许多时间，是在阅读鲁迅作品中度过的。

鲁迅为中国文学带来了人，对人的批判是他开创的一个伟大主题，文学因此成为中国生活的一面镜子。他是为人生的作家。中国文学已经有五千年以上的写作经验。文学并非横空出世。鲁迅不仅变革了文学，也重建了文学的常识。他的写作激活了汉语，激活了汉语身体的繁殖力，并且重建了汉语的青春气息、批判力、幽默感、讽刺力量、愤怒、悲剧精神以及对未来的信心，极大地丰富了汉语的表现空间。

作为1966年开始的读者，我的幸运是，通过对鲁迅的阅读，我意识到何谓中国新文学的经典。我意识到，写作必须有直面人生的勇气。

鲁迅是我写作的指南之一。我从1970年的冬天开始写作诗歌，我一直试图继承的是“为人生而艺术”……

看到于坚的这番表白，批评者内心的愤怒或许可以缓解一些了。对前人的尊敬有多种方式，有的人喜欢不分时间地点环境，无条件地服从和认可，容不得别人对自己的偶像说半句不满意的话；而另一些人，对社会上的言论、包括伟人的言论也会很清醒地有选择地继承，因为他们知道，伟人做出的结论肯定有一定的历史背景而不见得放之千年而皆准。时至今日，世界格局、政治生态和生活环境已与民国时期大不相同，后人对前人思想的继承也需要发展的眼光。

在我接触到的材料中，还有一些诗人认为于坚不配获得鲁迅文学奖的理由并不是他“骂”了鲁迅，而是他的诗歌“很黄”“很低级下流”，并且列举了于坚的获奖诗集《只有大海苍茫如幕》中的《狼狗》《性欲》和《黄与白》等作品进行论证。一篇题为《是谁往鲁迅文学诗歌奖脸上抹黑》的文章举了一个例子：“我曾将于坚的此三首诗拿给一个爱好文学的老年医务工作者读，她读了《性欲》的一半不到，就真的发起呕来，说‘不看了！’过后还努着嘴说了我一句：‘你怎么也会瞧这种脏东西！’”

的确，于坚这几首诗有不雅的成分，我读了，也觉得质量一般。可是，这三首诗在全书中所占的比例又有多大呢?《只有大海苍茫如幕》虽然不是于坚诗集里最优秀的一本，但书中大部分作品是具备相当高的质量的。同时，我们必须警惕老派读者对先锋诗人的误读。于坚以及一大批口语诗人的作品，其值得注意的取向之一就是对个人生活的重视以及身体的介入，这种方式在以前的诗歌中极少出现，其中成败都可以讨论，但需要在学术范围内严肃地进行，而不应跟政治搅和在一起。记得波德莱尔的《恶之花》刚出版时，也备受指责，说它“肮脏”，现在，它已经成为经典。

应该说，每个读者都有权利对一本书表明自己的喜恶。但自己的喜恶最好自己把握而不要强加给别人，更不宜动辄使用行政手段介入文学争议。好在当前社会思潮已经实实在在地多元并存，因此，尽管前辈们表情严厉，但一些青年诗人却不置可否。比如有人说，于坚骂过鲁迅，所以不配获得这个以鲁迅命名的文学奖。马上就有人亦庄亦谐地回应：鲁迅文学奖评奖原则中没有“骂过鲁迅的人就不能获奖”的条款。另有一些诗人认为于坚不是骂，而是调侃，毕竟他没有骂鲁迅的动机。还有一种意见是，于坚即使“骂”过鲁迅，那也是十年前的事了，我们不是提倡“浪子回头金不换”吗？一个人早年无心说出的一句话，不至于在十年后受到如此隆重的“追究”吧！

假如我们把王家新与北岛的交锋、韩东与程永新的“过节”认为是人与人之间的交锋，其根底在于各自的行为方式以及对事物的理解方式有所差别，那么于坚的“鲁迅文学奖事件”完全可以说是当前某种文化现象、思维现象和社会现象作用于具体事情时的反映。前两者尽管火爆，但当事双方都自觉地将争论领域限定在文坛之内，而后者则要广泛和发人深省得多。我们可以这样认为：于坚的对手不是那些批评他的人们，而是一种在很多人脑子里根深蒂固的思维方式。这种思维方式可能仍然会长期地存在着，但相信随着视野的拓展和时间的流逝，此类“论争”有望逐渐减少。我猜想，要是鲁迅先生在世，并且由他来选取“鲁迅文学奖”的获得者，他的气量不会小到永远敌视一个批评过自己的诗人，何况这个诗人创作过优秀的作品。

其实，不需要讲那么多大道理，只希望老人们想一想：能否以宽容的心态来面对一个文学上的“异己分子”，少来点“秋后算账”？那些跟着起哄，呼吁有关部门“调查于坚”的年轻人，难道完全不担心他们父辈经历过的那些噩梦在自己身边重新来过？

顾城不是“朦胧诗人”

在我90年代重点阅读的中国诗人中，朦胧诗的北岛、顾城、杨炼和第三代的西川、于坚、韩东、欧阳江河、柏桦、王家新、李亚伟等人是重中之重，很长一段时间，只要在刊物上或者书籍上看到他们的名字，就足以令我放下手中的任何事情。这样使我在新千年前后写《朦胧诗以后》和《一个人的诗歌史》变得顺理成章。

接触作品的先后，直接影响了我对诗人的整体印象。比如北岛，我在最热爱读书的年龄读到的是《雨夜》《结局或开始》，而不是《回答》，于是我根深蒂固地把北岛当作一个内心温暖而坚定的诗人，而不是高喊“我不相信”“卑鄙是卑鄙者的通行证，高尚是高尚者的墓志铭”的斗士。在作者的姿态上，相比《回答》

的慷慨激昂，我更喜欢《雨夜》和《结局或开始》中的那份委婉、冷静与坚决；在语言的弹性上，我也更喜欢后者的舒缓与开阔，而不喜欢前者的紧张和直接，尽管前者比后者著名得多。再如顾城，我最早对他产生深刻印象的不是《一代人》，而是《等待黎明》《风的梦》《早晨的花》。这几首诗和北岛的《雨夜》《结局或开始》似乎都是在中国青年出版社出版的《青年诗选（1985—1986）》或上海文艺出版社出版的《探索诗集》里读到的，当我读到钢琴旋律般优美的文字，内心的触动远远不能用“震撼”来概括，那是一种什么样的感觉呢？似乎一个混沌中的人突然受到了天启，似乎一个浑身泥泞的人突然干净起来，似乎有一种无法描述的清香飘逸而至……总之，自己的情绪和身边的环境变化了。它们是那么独特，那么明净，那么切合一个青春少年的浪漫情怀。缘于这种根深蒂固的认识，后来我再读顾城的其他作品，哪怕是他最著名的《一代人》和备受争议的《弧线》《感觉》，都不能淡化《早晨的花》的美感。那真是一首诗就能影响一生的年代！

对海子的接受过程也有些类似。在我稍微比较正式地接触现代诗时，海子刚刚卧轨自杀不久，因此，最初我不知道海子生前的落寞，只知道海子是一个生前很落寞死后很红火的诗人，诗歌界涌动的“麦地诗潮”，海子是源头。当时大量青年诗人在模仿海子的风格，“麦子”“王”“黑暗”“土地”在几家青年诗歌刊物随处可见。作为初学写诗、正处于“为谱新词强说愁”年龄的我自然也不例外，我的诗歌笔记本上涂满了海子般的忧伤与绝望。幸运的是我没有长期沉溺其中，这也许与前面提及的我对北岛、顾城的最初印象相似，我最初接触到海子作品不是那些情绪化、唯美化的篇章，而是《明天醒来我会在哪一只鞋子里》这种有点怪异的作品。紧接着读到的是《亚洲铜》，我也不是特别喜欢，觉得它风格有点怪，句子忽长忽短的，而词汇像顾城。我还在《探索诗集》里读到了一组海子的“探索诗”，也不甚喜欢。更重要的原因也许是：海子仅仅是我关注的一部分，那一代诗人中，除了海子，还有很多风格迥异的优秀诗人，更不要说艾略特、布罗茨基等外国诗人的冲击了。2001年，《面朝大海，春暖花开》入选高中课本后，一个媒体朋友请我撰文发表意见，我表达了谨慎的肯定态度，既赞成它的入选，也为其他诗人的诗歌没入选而遗憾。

真正关注海子，是2004年左右的事了。那一年，海子突然唤醒了我的感觉，我对他的诗产生了重新阅读的愿望，于是找来了人民文学出版社出版的《海子的诗》，慢慢翻看，然后把自己的零星感受记录下来。这些感受和几年前对海子作品入选教材的讨论文章一起，后来成为那篇关于海子的长文的基础。现在想来，也许这20年间我对海子的“盲目崇拜—冷落—关注”的态度变化，与自己心理成熟的过程有关，也与个性的变化密切相关。年少时喜欢从众、随大流，看到一样东西被很多人追捧，便也跑上去凑热闹，实际上并不了解那件物品价值何在；随着年龄增长，阅历稍微丰富，便逐渐意识到了自己的盲目，于是抽身出来；长时间的冷静思考之后，终于看到了对方的特殊之处，自此有了深度介入的兴趣。

作为后来者，我没能亲身经历朦胧诗地火蔓延般的崛起和第三代诗歌风起云涌的浪潮，上个世纪80年代的诗歌运动对我来说，都是同一时间段目睹的纸上文字，这令我在时时产生“晚生了几年”的慨叹的同时，也摆脱了局中人的盲目与主观；对这段历史，我没有过多地局限于某些流行论点。

在今天，我越来越认定顾城不是“朦胧诗人”，相反，他是一个被“朦胧诗”的招牌遮蔽了的“清新诗人”。在朦胧诗盛行的年代，顾城符合标准的作品其实很少，人们将他列为朦胧诗的代表，只能说明历史常常发生误会，以及学者们过于懒惰与草率。朦胧诗式微后，顾城反倒逐渐“朦胧”起来，很多作品都变得生涩、难以进入。用顾城的说法是，他的写作达到了“文化”和“无我”的境界，可是，诗歌是语言和心灵的艺术，必须依赖诗人丰富的感知，如果诗歌是在展示一个“无我”的“文化”，其灵性就会大打折扣，语言飞不起来，就会缺乏鲜活的气息。因此，对于顾城80年代中期以后的作品，除了《墓床》等有限几首，其他的我只能寄希望于自己好好调整角度，尝试去接受。

同样，顾城也远不能用“童话诗人”来概括。所谓“童话诗人”这个称谓，至多只能概括他在1983年他结婚之前的创作，此后，顾城的诗歌不再“童话”，或者说在1983年后，顾城的“童话”只对他的生活中的某些行为有效。他是一个复杂的诗人，甚至可以称为当代中国最好的诗人，也是最符合我们传统的“天才”标准的诗人。顾城的作品，还有很多值得深入研究的空间；他从寂寞中走向辉煌，又从辉煌中抽身，重归孤独，不仅是一个诗人的选择，更反证了一个巨变的时代对纯粹诗心的冲击和碾压。

顾城在37岁离开人世，已足以令世人唏嘘，海子更甚，刚满25岁就结束了自己，比顾城整整少活了一轮。与顾城不同，海子没有享受过成名的辉煌，也没有妻子和长期陪伴的女友，他在孤独与郁闷中写作，又在绝望与无助中走向人生终点。当他平静而坚决地躺在冰凉的铁轨上，肯定不会知道自己的行为昭示了一个时代的结束，也拉开了另一个时代的帷幕。正如我在文章中所说，海子自杀告诉我们：当今时代更多的是仰慕钢铁的秩序，不再需要古典而温润的心灵。唯一值得欣慰的是，和顾城一样，海子留下了足以传世的作品，也留下了一个几乎在当代不可能发生的传奇。海子去世后，学院内外对他的研究开始展开并逐渐深入，一代又一代青少年成为海子的粉丝。这是对一个寂寞的诗人迟来的掌声，时间在证明它的公正与公平。

《夏歌》的未解之谜

2011年3月3日晚，我在办公室值班，一个读者通过QQ向我提出了一个令人很震惊的问题——他刚读完拙著《一个人的诗歌史》第二部，发现书里论及的张枣诗歌《四个四季·夏歌》很多年前他就读过，作者为著名诗人马兰。他很不解地问：这到底是怎么回事？

我马上按照他提供的两个网址进行了查验，同时还发现了第三个网页，这几个网页均发表的署名为“马兰”的《夏歌》，整首诗与张枣的《四个四季·夏歌》相似度非常之高。

夏歌

马兰

初夏的风已经开始独立你该会多么愉快地笑
我最怕你笑笑得离我越来越近
你要向我证实你是一个平面
我便透过你去湖泊你躺下便是月亮
你看见我被你映照我的表情行云一样安宁

我不问你不让嘴唇也构成一个隆重的边缘
多好呵我真喜欢你尽管离得很远
你量量我我量量你叫你一起去听风
风说了许多话主要是说我们一走动就会长大

我不让夜色摇醒你虽然你眼眸比夜忧郁
我不知道你为何哭泣呵身上满是白纸屑
我要你一动不动如某个方向离我远远的
哪怕日子一丝丝逝去填入季节的死角里
我们等候吧你生下像朵水仙花放进我的平面
我不能走呵你是一个平面路上会有荆棘

四个四季·夏歌

——献给娟娟

张枣

初夏的风开始独立你该会多么愉快地笑
我有时真怕你笑怕你变成一个纯粹的笑离我
　越来越近
你要向我证明你只是一个平面
我便透过你去湖泊你躺下便是月亮
你看见我被你映照我的表情行云一样安宁

我不准你挪动你不要颤抖让嘴唇也构起一个
　隆重的边缘
多好呵我真喜欢你透明尽管你离得远远
你量量我你量量你叫你我一起听风
风说了许多把夏天注得盈满
路标也说了许多话主要说我们一走动就会长大

我不要让黑暗惊起你尽管你的眼眸比夜色忧郁
不知你为何啜泣呵身上落满白雪花亲爱的
我要你一动不动如一个方向离我远远的
哪怕日子一丝丝逝去填入季节的死角里

我们等候吧你坐下像一朵水仙花放进我的平面
你不能走动呵你是个平面路上会有荆棘

对比之下就可以知道，两首诗除了个别字句有出入，其他的几乎没有什么不同。完全可以说，这不是两首诗而是一首诗。

从目前所得到的信息看，马兰的《夏歌》发表于1995年3月出版的网络刊物《橄榄树》创刊号，2002年9月10日，马兰本人还在诗生活网站的女性诗歌论坛贴出了这首诗歌。诗生活版《夏歌》只是把《橄榄树》版中的“把风说了许多话主要是说我们一走动就会长大”这一句话扩充成了两句——“风说了许多话把夏天注得盈满 / 路标也说了许多话主要说我们一走动就会长大”，而这两句，张枣的诗里也有。

张枣的《四个四季·夏歌》发表于1986年10月24日出版的《诗歌报》，是当时参加当年《深圳青年报》和《诗歌报》举办的“1986中国现代诗群体大展”的作品。人民文学出版社2010年7月出版的《张枣的诗》亦收录了此诗。

马兰的《夏歌》虽然发表得比张枣的《四个四季·夏歌》晚，但按照诗歌末尾注明的创作时间“1983年，重庆”，可见这首诗是1983年在重庆写的。而按照张枣的好友、诗人柏桦的相关文章介绍，张枣的《四个四季·夏歌》也作于1983年左右，是张枣写给他的女朋友娟娟的四首诗中的第二首，因此无论在《诗歌报》还是在《张枣的诗》里发表，这首诗都有一个副标题："献给娟娟"。而且，1983年张枣也正好在重庆读书。

我对《四个四季·夏歌》的"兴趣"由来已久。写作《一个人的诗歌史》接触到这首诗时，就颇感意外。按风格看，《四个四季·夏歌》使用流畅直白的长句，讲究语意反复，深情款款，与张枣习用的语言风格及内敛的情绪几乎背道而驰，在整本《张枣的诗》里，除了此诗同一组的《四个四季·春歌》以及《危险的旅程》前几句，其他所有作品的风格都与此不同。因此，《一个人的诗歌史》在论及这首诗时充满疑惑：

> 《四个四季·夏歌——献给娟娟》应该是张枣最初的诗歌习作之一，现在，如果将作者的名字捂住，也许不会有人猜想得到它出自张枣之手。缺乏节制的长句、星星点点的感叹词、浅薄平俗的诗意、随处泛滥的情感……学生作文易犯的毛病，从这首诗里都能找到。因此，为了写这篇文章，我翻箱倒柜，从收藏多年的"两报大展"资料中翻看到这首诗时，百思不得其解——早在

“大展”前两年，张枣就已经写出了《镜中》《何人斯》等天才之作，为什么偏偏以这一首相当幼稚的诗歌参与？是因为当时身在国外，没有来得及提交自己的新作？是朋友临时代为投稿，还是他虽然投寄了多首作品，但编辑恰好看中了这一首？

对于张枣，相信文学爱好者不会陌生，在诗歌界，“张枣”这两个字更是如雷贯耳。作为影响深远的“第三代诗人”的代表人物，张枣在许多诗人的心目中，是“第三代中的天才”“诗人中的诗人”。2010年3月，张枣英年早逝，诗界震动，至今仍被读者惦念。如此聪慧之人，会抄袭一首别人的诗歌献给女朋友甚至拿去参加著名的“两报大展”吗？

而马兰作为旅居海外的代表性华文作家，互联网上首个中文文学网站“橄榄树”的创办人之一，被香港诗人、学者揭春雨誉为“我见到的最好的汉语女诗人”，上个世纪90年代初出国后，在海外华语文坛非常活跃。这样一个有身份地位的诗人，会将别人的作品署上自己的名字并且发表在自己主编的文学杂志上吗？

似乎都不大可能。

那么，《夏歌》只能成为一个难解之谜了？

请在白纸内部独善其身

我和柏桦至今没见过面，但我们的“交往”已持续多年，特别是2010年前后，因为要写一系列文章，里面有关于柏桦的专文，有很多细节需要向他请教，再加上该系列文章所涉及的大部分诗人都与柏桦有交往，于是柏桦成为我近年来通信最频繁的诗人。粗略数了一下，两人的往来信件不下百封。

在我曾经进行过专题研究的数十个诗人中，柏桦是最富传奇者之一：写诗不足百首，就被公认为中国优秀的抒情诗人；性格内敛，却多次主动离开文人趋之若鹜的高校；在诗歌道路如日中天时停笔当自由撰稿人，替书商写畅销书；而“下海”十年之后，又回归到象牙塔内，潜心学问，写与以前完全不同的“另一种诗歌”……

从今天回望过去，柏桦诗歌之优异，似乎已经成为一个不证自明的公理，而作为社会人，柏桦给我的印象并不比别人更特别。这些年来，我见识过太多肚子里没料但十分善于伪装成大师的诗人，也结识一些有真才实学但恃才傲物的诗人，还有把自己装扮得奇形怪状在行事上也放浪不羁的诗人。当然，也有像柏桦这样和常人一样平淡，乍看起来不像“诗人”的诗人。这个不同寻常的天才，在结交的过程中，绝对不会给你“古怪”和“奇怪”的印象，他就是一个非常和善的兄长，你从他身上读到的关键词是包容、坦诚和信任。作为他的读者，我时常把自己的作品——主要是关于诗歌的随笔——发给他指点，大多数时候，他会非常细心、尽职地审读，修改其中一些史实和年代差错。他表扬起人来，显得非常慷慨，有一次，他的回信只有一句话：“你的文章写得太好了，这是真心话。”读得我心花怒放。更多的时候，他会显示出诗人特有的温情。诗人张枣病逝后，我决定把自己在《花城》上的《诗人肖像》专栏原已安排的稿子撤下来，立即赶写一篇关于张枣的文字补上。缘于文章中多次引用柏桦言论，以及柏桦与张枣的友情，稿子完成后，我发给柏桦审定。同时，为了让柏桦不过于沉浸于丧友的悲痛，我安排了一家报纸就诗歌的问题采访他。

柏桦读完后，回信说："谢刘春兄寄来文章，粗读了，改正了几处史事之错。似还有些打字错误，我没改，因恐影响你的语气。另，我暂不做'诗人专访'。"从任何一句看，都表现得有礼有节，而收信人又能从中看出他近期的心境。

值得诗歌史研究者注意的是柏桦做了十年自由撰稿人之后的回归。在他再次回到高校之前，他编撰了约60本"走市场"的书，其中一本关于毛泽东诗词的著作一版再版，发行了好几十万册。有意思的是，关于那一段长达十年的自由撰稿人生涯，柏桦很少谈及，甚至在他那本出版后引起反响的自传《左边：毛泽东时代的抒情诗人》中，对这十年的经历也只字不提。有些人认为这是柏桦的隐痛，是伤疤，所以不忍再揭开，包括李陀、北岛在内的名流都把柏桦在1993年的停笔视为一大遗憾。2004年7月，李陀在接受查建英的采访时，专门提到了柏桦和他的《左边》，并特别强调："柏桦诗写得非常好，我非常喜欢，他是当代中国最出色的诗人之一，可惜现在也不写了。"2008年，北岛在《靠"强硬的文学精神"突破重围》中说："柏桦有点儿可惜，他在80年代的写作有很强的张力，到了90年代，商业化冲击太大，他曾做过书商的'枪手'，编写了一百多本书，靠此维生。这种生存的手段要付出高昂的代价，这一点我想只有他自己最清楚。后来他转向中国古典诗歌，但都没有他早期的诗那么好，遗憾。”

而在柏桦看来，做自由撰稿人也是一种生活，尽管这种生活并非完全自愿，“这对我来说就等于是一份工作，就像教师是一个职业一样。常人看来很枯燥，但对我来说也就是个工作一样的循环系统。我必须要做，一个人不可能枯坐，什么事都不做，或者一天到晚写诗，没有这样的人，除非他疯了”。(《柏桦：我已经厌倦了呐喊》）柏桦认为，畅销书与文学是有关系的，它是文学之一种，比如张恨水、村上春树等，都是优秀的畅销书作家，也是优秀的文学家。因此，畅销书写作不会对诗歌写作造成不利的影响，十年的畅销书写作和编辑训练，他的心态更平和、松弛，对文本的掌握更得心应手，从而更熟练地调动各种材料来为诗歌写作服务。由于事情已经发生，我们无法假设长达十年的自由撰稿人经历对柏桦的创作正面影响大一些还是负面影响大一些，但从柏桦“复出”后完成的“奇书”《水绘仙侣》看来，其开阔视界与庞杂的细节相互渗透，相互纠结，与做自由撰稿人时的历练应该不无关系。

如今，作为西南交通大学人文学院教授的柏桦仍时有新作，而且其作品愈加开放、自由，不受拘束。没有谦逊淡泊的心态，写不出那样纯稚而机智的作品，那是历经生活历练之后的返璞归真，是一个优秀诗人成为文学大家的必经之途。我曾写过一首短诗向柏桦致敬，诗中有一句——“请在白纸内部独善其身”，窃以为是抓住了柏桦为文为人的重点的。

1990年代的阅读

1990年秋天，我初中毕业，到位于都江堰的一所中专学校读书，来自各方面的因缘让我由一个对诗歌怀有好感的小青年迅速变成狂热的诗歌爱好者。在此之前，我只买过余光中和席慕容的诗集，抄录过汪国真的诗歌，虽然也读过“相信命运”“卑鄙是卑鄙者的通行证，高尚是高尚者的墓志铭”“黑夜给了我黑色的眼睛，我却用它寻找光明”和“我有一所房子，面朝大海，春暖花开”，但根本弄不清作者是谁。引领我走上诗歌之路的是一个叫陈道谟的老人，他主持着一个名为“玉垒”的民间诗歌社团，社刊《玉垒》一度是国内有影响的民间刊物。大约是1992年3月，我在《玉垒》上发表了一首题为《晨歌》的小诗，自此和陈老有了联系。

陈老出生于1919年5月4日，不知道是新历还是旧历，如果是新历，他就与五四运动同一天诞生。作为何其芳的学生，陈老也写诗，出版过诗集，但没有形成大范围的影响，他的主要业绩是在退休后倡导诗歌运动。玉垒诗社团结了大量诗人，以中老年诗人为主力，有两个被认为是后起之秀的女诗人曾得到过著名诗人沙鸥的指点，但几乎不参加活动，因此，我这个来自桂林郊县的毛头小伙子常夹杂在一批皓首老人之间，显得异常“青春”。《玉垒》的办刊取向和饱经风霜的老人的性格一样，宽容而温厚，这在“口号”横飞、“先锋”遍地的四川显得尤为另类。也许是因为爱屋及乌，有时候我会更珍惜“玉垒”的宽容，当一块土地上所有的诗人都以先锋为荣时，先锋也就不存在了，“保守”倒似乎更为可贵。

陈老没有教我多少诗艺，却为我树立了做人的典范，直到今天，我都认为他是一个具有完美人格的精神导师。也正是在他的包容和鼓励下，我身处众多年长者之中却没有丝毫暮气。一连四年，我在奎光路附近与老人们一起开会、朗诵、品茗，目光却越过玉垒山上的浮云，与国内外具有现代性的作品交集。

在那个时期，与全国大多数同龄诗人一样，安徽《诗歌报》对我的启蒙最大，这份由对开的报纸变为

24开、再变为16开的月刊，她的很多重要栏目至今我仍能脱口而出——《挑战者：第一千零一个》《探索诗之页》《创世纪：青年诗人谈诗》《散文诗：如歌的散板》《柯大夫诊所》《现代诗歌技巧十二讲》《诗坛三人行》……直到今天，我都认为当年的《诗歌报》是我所能接触到的最好的刊物。如果说我对朦胧诗的了解主要依靠阎月君等人编选的《朦胧诗选》和一些个人诗集，那么，朦胧诗以后涌现的代表性诗人和评论家大都是《诗歌报》"推荐"给我，并在《诗神》《星星》和一些优秀民刊中得到互证和巩固。如果说，上述诗人是我们这一代诗人的榜样和偶像，他们笔下的哈尔盖、德令哈、玻璃工厂、尚义街六号是新时期诗歌的名址，那么《诗歌报》编辑部联系地址合肥市宿州路9号绝对是青年诗人们心目中当仁不让的文坛地标。缘于这份难得的"革命感情"，在后来的20年里，我多次搬家，扔掉了许多曾以为会收藏一辈子的图书和杂志，但当年《诗歌报》一直保存至今。

仅就海子诗歌的传播这个角度来说，《诗歌报》最大的遗憾和最大的功劳都与此有关。在海子创造力最旺盛的1987年到1989年，当时风行全国的《诗歌报》却没有发表过海子的任何作品，甚至1986年秋天《诗歌报》和《深圳青年报》举办的现代诗大展，展示了大量令人读了不知所云的“现代诗”，也没有海子的一席之地，只是后来在同济大学出版社推出的“诗坛红皮书”《中国现代主义诗群大观1986—1988》里，才匆忙补上了海子的三首短诗。但《诗歌报》对“海子诗风”的推广却功不可没——海子去世不到一个月，《诗歌报》就以最快的速度发表了海子的短诗《九月》，然后陆续大量发表类似于海子风格的作品，掀起长达数年的“麦地诗潮”。

对《诗歌报》的阅读一度让我“轻视”北岛，认为北岛过时了。很多年后才醒悟，“Pass北岛”只不过是后来者谋求上位的一个手段而已。正如我一篇文章所言：我愿意把“Pass北岛”理解为更年轻的一代在表达他们渴望超越前人而出人头地的良好愿望，至于是否能够真正地超越，我持保留态度——你可以在嘴皮子上“Pass”，但你在诗艺上“Pass”不了；你可以在诗艺上“Pass”，但你的灵魂还不够强大。

而作为中国作家协会主编的“文学国刊”《诗刊》，则告诉我有一个活动叫“青春诗会”。说实话，我很不喜欢上个世纪90年代初期的《诗刊》，但一年一度的“青春诗会专号”是个例外，每年的“青春诗会专号”都让我如获至宝，很多现在活跃的诗人都是那个时候“认识”的，却完全没有想到十多年后，自己也有幸参加了这个盛会，成为他们的“学弟”。我还报名参加了《诗神》的刊授，诗人大解成为我的指导老师，记得有两次我交作业，大解的回信给予了热情的鼓励，大意是“你的语言和技巧都很娴熟，我提不出什么意见”之类。这封信，至今仍然存留在我书房里的一个小纸箱里。我在《诗神》发表的第一首诗歌《干草》也是大解编发的，那是1993年第12期。后来，我把《干草》列在我的诗集《忧伤的月亮》首位。而我的家乡广西，当时也掀起了一波波青年诗歌运动，《扬子鳄》《自行车》等民间现代诗报相继创刊，我很快和它们的主办者接上了头……

后来我写《朦胧诗以后》和《一个人的诗歌史》，当年这份阅读和交往所积蓄的营养开始呈现。很多读者说我写的书能够读得下去，我想，那是因为我写下的都是带有体温的文字，所涉及的都是多年以来反复阅读的诗歌和诗人，都是我的交往，我温暖或狂热的记忆。

自己的诗歌史

《一个人的诗歌史》第一部出版后，反响还算不错，大大小小近百家媒体发表了相关文章。当然，好评居多，但也有少数读者，包括我的几个好友提出了一些意见。按理说，作品出版了，如何评价是读者的自由，作者没必要在意，但考虑到这是一个系列随笔集，而且大部分提意见者非常真诚，我觉得有必要认真对待，告诉读者我的一些想法，使他们更清楚我的创作立场和思考角度。

在各种意见中，比较集中的一点是：个别地方“稍显枝蔓”，甚至有“注水”嫌疑。我想，这可能是这些读者对我的创作思路比较陌生的缘故。采用目前这种风格既与这一系列文章的写作过程有关，也与我的文学追求有关。《一个人的诗歌史》写了很多年，初稿只有三五千字，随着掌握的材料的增加，篇幅也逐渐膨胀，一篇文章，从最初的三五千到七八千，到一两万，直到现在的三四万，不可能一气呵成，也不是三天五天能完成的，所收集的材料，也不是用一种方式就能够完全处理的。所以，有些时候，会给那些希望简单直接的读者一种“蔓延”的印象。实际上，如果从整本书的高度看，“蔓延”的部分，是与“诗歌史”密切相关的。与此同时，“稍显枝蔓”的写法也是我有意为之，或者说是属于我希望达到的个人风格，因为我不希望作为一个旁观者去单纯地叙述某个具体诗人的经历，而是要求有自己的亲身体验和独立思考贯穿其中。如同该书后记所言，我操作的是一种比较复杂的文体，它是一部随笔集，又兼容了文学评论、人物传记甚至新闻报道的特征。有的文章很利索，一条线走到底，快得让人喘不过气来，而我的文章，则是走走停停，且随时会出现岔道，让你领略另一番风景后再回正途。只要你在阅读的过程中保持清醒，就不至于迷路。事实上，的确也有很大一部分读者表示，相对于具体诗歌的阐释，他们更喜欢那些“旁逸斜出”的细节。看来，这样的写法好不好，只能是仁者见仁智者见智了。

我一直认为，一个作家能否面对自己的内心，能否敢于表露自己的内心，是评判这个作家对文学、对世界是否真诚的一项标准。有朋友提醒说，某篇文章的某个结论你最好删掉，否则有人读了会不高兴。我不置可否，我的文章从来就不是为了让谁高兴或不高兴而写的，只是想客观地表达自己多年以来的所见所闻所感而已。再说，我不相信会有人狭隘到在读一本书时因观点不同而迁怒作者。比如北岛，在我心目中，他是中国诗人谱系中排名最前的一个，从本书中无处不在的北岛形象，我们甚至可以说，《一个人的诗歌史》是一部向以北岛为代表的诗坛前驱者致敬的著作。但我不甚欣赏北岛的专著《时间的玫瑰》，这一点早在五年前就表达过，即使北岛看到这些文字，我相信他也不会在意。当然，如本书的确让某些人心里不舒服，只好请他们多多包涵了。

又有读者说，你对某首诗歌的解读我不同意，那首诗的含义不是你写的那样。这个其实不是问题，一千个人有一千个哈姆莱特，诗歌本来就不限于某一种理解。如果诗歌也像数学那样一加一等于二，它肯定不会如此迷人。比如海子的《面朝大海，春暖花开》，很多诗人和批评家对此诗的情感基调已经达成共识，即那是一首感伤的诗，诗中的“房子”指的是坟墓。但也有更多的人认为这首诗的基调乐观向上，房子就是房子本身。这些理解没有对错之分。一个心情愉快的人看到下雨，会联想到“畅快淋漓”这个词语，而一个本身就柔肠百结的人遭遇雨天，则可能会把这些雨水当作天空的眼泪。读者的天赋、经验、知识面、生活阅历以及阅读时的心境等各不相同，对同一首诗歌得出的结论自然也会有差异。我想，如果我的解读激发起读者探究这首诗的兴趣，哪怕最终得到的结论完全相反，这也是值得欣慰的事情。

还有人在读了《一个人的诗歌史》第一部之后，在网上匿名发牢骚说，因为你对所写的诗人的评价是正面的，是“仰望”的，所以你的记述是“势利”的，是不可信的“流言蜚语”，“窜改了我的记忆”。而另一方面，这个批评者又自相矛盾地说，你所写的故事“陈旧老套”，“少有新意”，我感兴趣的内容你却没有写到，比如你提到了“青春诗会”，那么某某、某某某为什么没能参加“青春诗会”？参加首届“青春诗会”的诗人从哪里来？他们为什么入选？某届诗会年龄最小的那位女诗人为何能当选？成为诗人对她来说是不是人生悲剧的开始……这种偏激蛮横的姿态和看似内行的提问令我纳闷。他凭什么认定我所写的内容是虚构？他对当代中国新诗史，特别是文学史教科书之外的历史了解多少？他自己所了解的历史很宝贵，而别人挖掘出来的历史就是“流言蜚语”？一篇文章，正面评价所写的对象就意味着作者“势利”？如果他具有基本的阅读理解能力，怎么连我对《一个人的诗歌史》中所写的诗人是“仰望”还是平视都读不出来？

这些意气之争暂且搁下，仅就这个批评者所列举的那几个关于首届“青春诗会”的问题而言，那些他认为珍贵异常的内容才是真正的“陈旧老套”。这些内容就集中在《南方都市报》对王燕生老师的一篇访谈里，这篇访谈早就在网络和传统媒体上流传，也曾收录进了广东教育出版社出版的《变迁——中国改革开放三十年文化生态备忘录》一书中。类似的内容在王燕生老师的一本随笔集亦有所表达，这本随笔集就是这个质疑者在批评了《一个人的诗歌史》之后紧接着表示“更愿意推荐”的《上帝的粮食》。说到这里，我想读者基本上可以明白是怎么回事了——此人是在现炒现卖！可以想象这样一个场景：他在读完《一个人的诗歌史》后，又读到（或回想起）《变迁——中国改革开放三十年文化生态备忘录》或《上帝的粮食》中的某些片段，于是哥伦布发现新大陆般急不可待地宣布他还知道《一个人的诗歌史》没有写到的“秘闻”。这倒没什么，令人反感的是他那种自以为掌握了一点材料就真理在握的态度。

其实，《一个人的诗歌史》只是一本普通的随笔集，展现的是当代诗歌的一部分风景，无论在写作技巧还是在内容上都肯定存在大大小小的局限。作为这本书的作者，我希望得到一些真正有故事的当事人的指教，也愿意倾听各种有见地的批评，而不希望遭遇上面所说的那种自以为是的炫耀，要知道读者在选择书籍（作者）的同时，书籍（作者）同样也在审视着它的读者。

还有读者说，这书的结构跟我在学校里读到的诗歌史区别太大了，只写几个人，就称为“诗歌史”，书名有误导读者之嫌。我想，产生这样的误解，首先是因为这个读者还不了解“一个人的诗歌史”不是一本书，而是一个系列书籍。如果说读了第一部之后还有疑问，那么读了第二部之后，可能心里的疑惑就会稀释很多了。假以时日，第三部和第四部出版后，我想，也许不会再有读者提出类似的问题。另外，个别读者说这本书不像“诗歌史”，可能还因为我写的不是普通读者所习惯的那种“史”。的确，我写的只是我自己感兴趣的诗人生活史和创作史，以及我自己的诗歌阅读史，在这个基础上，又会牵涉到很多“正史”可能会隆重提到也可能一笔带过甚至完全忽略的作品和史实。和教科书机械式的梳理介绍不同，我希望我的文章生动，有血肉，有自己的立场。一句话，我写的不是历史课本。我甚至想，如果大学的诗歌史教科书编者能够参考一下这本书的风格，也许对诗歌感兴趣的学子会成倍增加。

关于“一个人的诗歌史”这个书名的多重指向，诗人柏桦在第一部的序言里已有详细阐发，需要再次强调的是：书名中的“一个人”，既是我笔下的一个个诗人，也是我自己。既然是“我自己感兴趣的诗人”和“我自己的阅读史”，所涉及的人选及作品自然会与别的研究者不大一样。有人会觉得某某很优秀，而我则有可能觉得这个人很差劲；有人觉得某首作品非常重要、无法绕开，而我也有可能觉得即使不提到那首作品也不会影响读者对诗人的整体判断。总之，这是我所认可的历史，你如果读了有同感，我很高兴；如果你认为和你的观念差距太大，也很正常。

每个人都有一部自己的“诗歌史”，这里面掺杂了太多个人好恶，与自己的生活、阅读以及世界观密切相关，没有任何一部图书能够得到所有读者的赞赏。那些抱怨我写得不够好的读者持着这种心态去阅读这本书，也许心里会平和一些。

我想为一代人立传

多年以来，我一直有一个愿望：用一本书，展示新时期以来百转千回的诗歌之河，记录一个时代精英的光荣与梦想。那是一本理想中的书，如果它能够完成，也将成为作者本身的光荣与梦想。2002年秋天，我向这条河流迈出了第一步。

起初，我把“网”撒得很宽，希望在一本书中介绍新时期以来涌现的60个诗人，并且包括与诗歌有关的刊物、选本、事件、争论、流派等内容。随着阅读的深入，方向越来越明晰，“网”越收越拢——我决定重点写15～20个印象深刻、又在文坛上得到公认的诗人，写他们的生活、作品、经历以及与他们相关的一切。

现在这本书，是这批诗人中的一部分。他们均出生于1954年至1964年之间，其中的一部分被命名为

“第三代诗人”，另一部分被称为“后朦胧诗人”，两份名单常有交叉，我习惯将他们统称为“第三代诗人”。如果说北岛、舒婷等“朦胧诗人”（一些学者习惯以“今天派诗人”称之）是上个世纪五六十年代出生的读者心目中的偶像，那么毫无疑问，西川、于坚、欧阳江河、海子、王家新等“第三代”是我们这一代人的明星，我们的成长与阅读和他们密切相关。我至今仍能回忆起当年读他们作品时的欢乐与激动，可以说，没有这些诗人的滋养和激励，我的文学道路不可能如此顺利。无论从技艺还是思想层面，“第三代”都值得研究，他们坎坷的人生经历、艰辛的求学道路，他们在几乎无书可读的年代，从“老三篇”、小人儿书、大字报，从糊墙壁的《人民日报》，甚至从烟盒、招牌、启事、赤脚医生手册、标语、小字条进入文学，最终走进文学史和诗歌史，其中有多少心酸、多少欢乐、多少启示等着我们去分享、品味。为这一代人立传，一直是我内心的愿望，我要像爱伦堡写《人·岁月·生活》那样写一本书，向这些亦师亦友的前行者致敬，让更多的读者分享他们的痛苦与光荣。

当然，即便我把他们当老师，也不意味着我会因此丢掉自己的立场。作为评论者，从自己的阅读感受出发，忠实于内心的判断，才是对被评论者的最高的尊重，为利益所驱而发出违心言论的写作者不仅虚伪，而且可耻。在讨论一些诗人的创作时，我没有面面俱到。特别是长诗，我很少详细论及。此举缘于我对自己能力局限性的认识，这些诗要么过于高深了，超出了我的理论能力，要么和我的观念不甚符合，与其勉强自己去阐释，不如识趣地藏拙。此外，我较少论及长诗还与我对本书的定位有关，我一开始就不想写一本纯粹的诗歌评论集。

另外，这本书里，不乏追问、质疑甚至批评的语句。我敢于对“老师”们表达不满，不是因为自己的意见准确到什么地步，更不是想标新立异，借名人来拔高自己，而是我相信，被我论及的诗人们，他们有容纳不同意见的胸怀。如果没有博大的胸怀，他们不可能走到今天这个高度。

事实也的确如此，在和诗人们的交往中，我无论从为人为文上，都获益良多。为了避免出现时间和事实上的硬伤，写完全书后，我把稿子分别发给这些诗人阅读（其中，写海子一文发给西川校订，写顾城一文开头部分得到了顾乡的指点），所有诗人都严格地校订了文中的时间和事实，有的诗人对文章中不够透彻的地方提出了建议，并寄来了新作供我参考，但他们都没有对文章中的批评之语提出任何异议，这份宽容与大气令我感慨万分。从这个角度而言，我也很庆幸自己写了这么一本书，如果没有这个桥梁，我不可能和这些优秀的灵魂有那么多交流与碰撞，更不可能受到那么多启发。至于文章中词不达意甚至有所冒犯的地方，自然应该由我个人负责。

本书中，顾城是“第三代”之外的唯一选择。之所以选择了顾城，是因为我自小就关注顾城的创作，对他的材料掌握得比较多，在阅读的过程中，我一再为他的天才所折服；他的命运，也令人唏嘘——在所有诗人中，顾城是唯一让我在写完后两次流泪的诗人。

我曾经想写一本关于“朦胧诗”的书，特别是想为北岛写一篇专文，但心里没把握。于我而言，北岛的地位至今仍然无人可比。北岛的《今天》也影响和激励了大量的“第三代诗人”，这一点，在本书中可以找到多处证据。但北岛也是一个十分难以评价的诗人，无论他的身份、创作、信仰和生活状况等，都还不是我的能力所能完全把握的。

而江河、舒婷、林莽、杨炼、多多、芒克等“朦胧诗人”，我同样了解不多。算起来，我和舒婷、林莽都见过三四次面，很佩服他们的人品，却没机会深聊；和多多在一次会议上见过，但整个会议期间他都忙于和其他诗人交流，除了见缝插针地合了几张影，很难再有其他聊天的机会；江河、杨炼和芒克，读过他们的不少作品，却从未接触过真人。相对于“第三代诗人”，总体而言，我对“朦胧诗人”比较陌生，更重要的是，在我疯狂地阅读现代诗的1990年代初期，他们却集体“消失”了，如果我硬着头皮写一批自己不熟悉的诗人，那样不仅是对自己、也是对别人不负责任。

这样看来，写一本关于“朦胧诗”的书，只能是内心深处的梦想，至少在最近几年内不可能实现了。

和一些同龄人只写某一种文体不同，我尝试过多种文体的写作。最初，我写古体诗，1987年左右，在一些台湾诗人（主要是余光中和席慕容）的影响下，开始写新诗，同时写一些小散文。参加工作的头一年，我写过小品剧本并参与表演。

到新闻单位工作后，又习惯了消息、特写和通讯。再后来，写文学评论也上瘾了。1998年到2001年间，我还写过几个短篇小说。2002年左右，我决定写长篇小说，但最终半途而废——我发现已经写好的六万字，至少有一半非常低级琐碎，读一遍感到好玩，读第二遍就感到有些恶心了。现在，这篇六万字的小说片段仍躺在电脑里，只要还未沦落到卖文为生的地步，这一辈子我是不会再碰它了。

因为上面的尝试，我历来有一个见不得人但又悄悄得意的想法，那就是，能够像我这样比较自觉地在各种文体中转换的——我说的是在同一篇文章中同时具备几种文体的性质——在诗歌界并不多，它们令我的文章既有一定的文学性，又兼具新闻的现场性和传记的资料性。本书也是如此。由于涉及的内容比较复杂，不仅仅是谈诗，还有诗人的成长故事、作品细读、诗坛状况介绍等，总体而言，它是一部随笔集，但它又兼容了文学评论、人物传记甚至新闻报道的特征。而书中引用的那几十首诗，也足以构成一个优秀的诗歌选本。我戏称它为“四不像”。一个兄长对我说，其实你可以把“四不像”写成“四像”的。在他的鼓励下，从2009年5月起，我花了几个月的时间进行打磨，最终成为现在这副模样。其实，不管它是“四像”还是“四不像”，我很满意这种文体，它最大程度地表达了我的内心。

令我欣慰的是，对这本书最初的设想也没有浪费，关于刊物、选本、事件、争论、流派等方面的论述，构成了我另一部专著《朦胧诗以后：1986—2007中国诗坛地图》的主要内容。

（本文节选自《一个人的诗歌史》第一部后记）

两个层面的“史实”

与此前出版的《一个人的诗歌史》第一部一样，《诗歌史》第二部的五篇文章，所谈论的仍然是上个世纪80年代成名的诗人及与这一代诗人相关的往事。虽然90年代以后新人辈出，但这一批80年代成名的诗人，已经凭着他们出色的才华在当代诗歌史上获得了稳固的位置，目前，他们仍然创造力旺盛，时有佳作。推介他们的作品，梳理他们的创作历程，并以此为基础展现整个当代诗坛的状况，既是本人的夙愿，也是为了证明：尽管没有任何一首诗能够阻挡一辆坦克，但优秀艺术品的存在，却能够让人对这个灵魂日渐倾斜的时代有了信心。

五篇文章，都是半新半旧之作。所谓“半新半旧”，意思是初稿曾经发表过，后来进行了很大幅度的增补和改动，成为与原来完全不同的“新作”，就没再拿出来示人了。承蒙广西师范大学出版社厚爱，我在《诗歌史》第一部出版的半年后，就有机会将“诗歌史”系列的最新成果结集成书。

除了写黄灿然的一篇发表于《汉诗》，其余四篇均来自于我在《花城》上开设的《诗人肖像》专栏。这个专栏每刊出一篇，我都会收到多个外地朋友的反馈。无非是指出这项工作很重要，文章很有价值。其实，我很清楚，朋友给予鼓励并不在于我的文字好坏、思想深浅，而是觉得像我这样的“闲人”，能够静下心来做一些只有象牙塔里的专业人员才愿意干的事情，让他们有些诧异而已。因此，我要感谢《花城》杂志给了我这个宝贵的“改变形象”的机会。

既然是写史，最担心的是史实问题。前几天，有刊物编辑向我反馈说，一个诗人读了我发表在他们刊物上的文章，觉得有的地方提到的史实与他所了解的不同，是不是我弄错了。

这个诗人说中了我内心的忧虑。史实一直是我在写作“诗歌史”系列文章时重点思考的问题。如果一部号称“诗歌史”的著作，对历史事实不严谨，就完全失去了存在的意义。但是这个问题，有时候表现得比较复杂。

我历来对“历史是一个任人打扮的小姑娘”这句话怀有同感，远的不说，这句话暗含的政治上和思想上的微言大义此处也不说，单谈谈我在写作“诗歌史”系列时产生的困惑。很多时候，对同一件事，不同的人叙述的过程是完全不同的，比如《诗歌史》第一部里谈到的关于顾城在激流岛上杀鸡的事（这关系到顾城的品格和形象），芒克、顾乡、舒婷、英儿的描述就大相径庭；关于海子在“幸存者诗歌俱乐部”遭到“前辈诗人”批评这段公案，无论是“前辈诗人”所说的话还是事情的发生地点，唐晓渡、芒克、王家新等人的叙述也有很大区别。又如本书写到的张枣1986年出国，人民文学出版社出版的《张枣的诗》封面则写的是“1985年赴德留学”；关于张枣出国后是在西德什么大学读书或工作的问题，我看到过三种版本；张枣是何时发现自己患病的，也有几种说法。有意思的是，每个人都以为自己的说法是正确的。

在写作的过程中，我一再感觉到，很多消息的来源不可靠。有的是叙述者道听途说而以讹传讹，有的是诗人记忆模糊而出错（比如于坚就一度记错《尚义街六号》的写作时间），有的是看似错了其实没错（比如海子的父亲名叫“查正全”，但有时候他自己也写作“查振全”），甚至有的可能是相关人士为了维护诗人的形象而故意弄得云山雾罩……在“诗歌史”系列文章中，读者可以很明显地发现我处理历史事件的方式——对同一事情，时常列举出多种说法，如果这些说法经过考证与核实，就在文中提供结论，如果我自己没把握的，就不下定论，只将各种状况罗列出来，供读者自己甄别、判断。

同一件事情出现各不相同的说法，也不算什么坏事，正是差异的出现，才吸引人们去寻找真相。而在寻找真相的过程中，又会遭遇更多的趣事，从增加文章的丰富性来说，这份劳动是值得的。

将两本《诗歌史》稿件全部编定之后，我看到了另一层面的“史实”：

第一，对于上个世纪80年代中期崛起的“第三代诗人”来说，北岛与《今天》影响之大，无人能及。甚至对于“今天派”或“朦胧诗”的同时代诗人，北岛的地位也堪称至高无上。不管你是敬仰、崇拜还是批评与质疑，北岛都是一个人物、一个象征，难以避开。

第二，新时期30年，好诗很多，大诗人呼之欲出。两本《诗歌史》重点书写的十个诗人，每人都有脍炙人口的名篇，仅就本书详细解读的篇目来说，就有于坚的《尚义街六号》《在漫长的旅途中》，欧阳江河的《玻璃工厂》《最后的幻像》《傍晚穿过广场》，韩东的《有关大雁塔》《你见过大海》，海子的《亚洲铜》《面朝大海，春暖花开》《春天，十个海子》，西川的《在哈尔盖仰望星空》《夕光中的蝙蝠》，王家新的《帕斯捷尔纳克》《瓦雷金诺叙事曲》，张枣的《镜中》，顾城的《一代人》《墓床》，黄灿然的《亲密的时刻》，柏桦的《往事》《现实》《在清朝》……这些作品，已经成为当代诗歌经典库中不可或缺的组成部分，难以想象，缺少了它们，中国新时期文学的图景将会是何等的苍白。

第三，新时期以来，对优秀诗歌、诗人的评价，很大程度上是由诗人自身完成的。“诗人评论家”的出现是近30年中国文学界的一个引人注目的现象，欧阳江河、王家新、徐敬亚、于坚、西川、柏桦、钟鸣、黄灿然、臧棣等诗人，其诗学随笔和评论所达到的深度和受到的关注度并不亚于最优秀的专业批评家。一些评论家其实本身就是诗人，比如唐晓渡、陈超、张清华、杨远宏、沈奇等。两者加起来，足以占据新时期诗歌评论界的半壁江山。

第四，对中国新时期诗歌取得的成就还有待进一步宣传。举一个例子——《诗歌史》第一部出版后，许多读者对文中所写的诗人故事津津乐道，有的读者读了部分文章，还按图索骥，找来了诗人的诗集详细研读。作为作者，我在欣慰之余，又感到悲哀。其实，书中所写的这些诗人，在中国诗歌界乃至整个文学界，都已经获得巩固的地位，按理说，读者对他们的作品应该耳熟能详才对。然而，事实上并非如此，从普通读者的反应来看，除了通过震动人心的社会事件引起人们关注并最终走进神坛的海子和顾城，其他人要获得更广泛更深入的影响，仍有一段路要走。

此外，我们还可以发现，不管是“朦胧诗人”还是“第三代诗人”，他们中的大部分在写作之初，都是从旧体诗开始的，由此可见传统诗词的巨大影响力。这里就不展开论述了。

（本文节选自《一个人的诗歌史》第二部后记）

做一个合格的读者

很多年前的一个春天，一群朋友买了很多食物，到郊外野炊。当时大家都是春花烂漫的年纪，加上这个谈情说爱的好时光，到达目的地后，大家都顾着双双对对地窃窃私语了。我当时正好单身，加上小时候常帮家里做饭，便产生了试一试的冲动。于是，我很快就架好锅灶，花了两个小时，把菜全部煮熟了。大家一尝，味道还不错。于是后来很长一段时间，只要出去野炊或者到哪位朋友家里聚会，我都会被“任命”为后勤部长兼主厨。也不知道是被表扬的次数多了还是发现自己在这个方面的确有些天赋，最后，就发展到做菜上瘾，常常在周末请朋友到家里聚餐。可以毫不夸张地说，我所在城市的青年诗友，没吃过我做的菜的还真不多。

写下这些，是想告诉人们：我就是这样从“诗人”逐渐过渡为“批评家”的。从1990年开始比较正式地写诗，2000年开始写诗歌评论，在一些刊物编辑和朋友的鼓励下，一直做到了今天。如同前面说的做菜，当时只是觉得自己可能有做批评家的潜质，并没有“指点江山”的念头，更不会去想被评论者有什么反应。直到今天，我写评论文章，基本上不会事先通知评论对象，对他们的反应也不甚关心。其实我从来没有很认真地把自己当作一个批评家，我只想做一个合格的读者。以读者的视角去体察评论对象的得失，可能比端着一个架子一本正经地“批评”别人，更容易进入作品内部。李敬泽老师说我“可能是中国最好的诗歌读者”，我把这句话当作最高的褒扬。

我写文章之前想得很少，只想做好一个“读者”的本分。“忠于内心，不谄媚，不极端，不哗众取宠；重细节，干细活，做实在事。”这是我对自己的要求。我相信，随着年龄的增长，我还会发现一些年轻时领悟不到的道理。我曾编过一本《我最喜欢的诗歌》，收录了一些诗人朋友推荐的百余首中外现代诗。在编辑这本书的过程中，我再一次清晰地认识到：年轻时只知道对华美语言的倾慕和对警句的捕捉，年长了才明白，每一首优秀的诗篇的背后都站着一个人，每一个句子都是诗人的心智、生活和整个生命的折射。一篇优秀的诗歌评论，除了分析“怎么写”“写什么”，还必须尽可能地以己之心，感知诗人之意。把握住字里行间散落的情感指向，才能说是真正读懂了一首诗、一个诗人。

现在有的文学批评，学理性很强，很专业，但读起来，总觉得少了一些什么。那就是温润的、以己度人的情怀。某些批评家自以为受过专业训练，掌握了一些先进的文艺理论和学术论文写作规范，就能包治文学百病。更可怕的是，不少操作批评文体的学者，内心里其实是极其抗拒自己的工作的，他们从事这项研究不是因为发自内心的热爱，而仅仅是为了保住每个月的薪水。他们不关心自己置身的领域发生的重要事情，甚至不知道自己的评论对象是男是女。十年前，一个“著名诗歌评论家”到我所在的城市开会，以一种不知道是豪爽还是居高临下的语气对我说：“刘春，把你的诗拿来，我帮你推荐给《诗刊》的耿林莽。”我笑而不答。一个连林莽和耿林莽的区别都没弄清楚的诗歌评论家，你能跟他说什么呢？

一个优秀的批评家，不仅应该对文坛动态有广泛的了解，同时还应该是作者的诤友。面对一篇作品，他不仅知道你写的是什么，知道你怎么写、为什么这样写，更重要的是，他能够感知你写这篇作品时的心境和周围的细微响动。他们是主动投身文学批评的行列的，而不是因为各种外界因素的压力而被动承受。这就是“热爱”与“谋饭碗”的区别。——我想做这样的批评家。

与前两部《诗歌史》不同，全书涉及面较广，既有上个世纪80年代一举成名的诗坛高人，也有90年代引人注目的骁将，还有新世纪异军突起的“70后”新秀。其中个别诗人虽然还未获得广泛的名声，但他们用作品证明了自己的优异。书中的文章，有的在十年前就开始动笔，有的则是近一两年来的新作，长的一两万字，短的三五千字，但大部分文章在此成书前都进行了很大的改动。如果有读者读了长文觉得过于拖沓，或者读了短文觉得不够尽兴，那就把目光转向书中的楷体字吧，那些诗歌，将独立于本书，坚韧地活在时间之中。

这一部《诗歌史》选取了两个与我同龄的学者发表在报刊上的文章作为序言。其中荣光启是我的挚友，对我在动笔写“诗歌史”之前的生活了如指掌，他这篇轻松活泼的短文虽然几乎不涉及“诗歌史”创作，但我感受得到其中的深意——写作不是目的，保持一种良好的生活状态和精神追求才是生活真谛，更何况，任何文学史都是“人”的生活史呢！另一篇文章的作者霍俊明也从很早以前就关注我的创作，写过多篇关于我的评论，数年前，我们在北京一见如故。将他们的文章作为序言，理所当然地含有纪念友情的成分。

《诗歌史》第一部和第二部出版后，相继被评为“2010年下半年最受关注的10本人文类图书”“2010年深圳读书月推荐的百本好书”“2011年桂林读书月最受读者欢迎的图书”，并登上了一些书店的销售排行榜。对于这两本书，许多媒体进行了报道，本书附录其中的几篇，并非为了炫耀，而是意在向读者交代我对这一系列著作的一些想法。当然，限于报纸版面字数，这几篇访谈并没有按原样发表，此次收录进书中时进行了还原，标题也作了更改。

作品受到关注，我没有任何理由掩饰自己的喜悦，但在喜悦的同时，我更清楚：相比浩瀚广博的文学海洋，我已写出的不过是一滴水珠。

（本文节选自《一个人的诗歌史》第三部后记）

文坛边

鲁迅文学奖这部“大片”

这些天，微博和微信朋友圈，文友们在热议两件事，一件是鲁迅文学奖，另一件也是鲁迅文学奖。

其实也没什么奇怪，每一届鲁迅文学奖的结果公布后，都会引起纷纭议论。议论的焦点也是大同小异，不外乎评委有没有暗箱操作、获奖者是否跑奖、获奖作品是否实至名归之类。比如第五届评奖中，一位担任厅局级领导职务的诗人获得诗歌奖就被认为是“跑”来的，而第四届评选中多位评委获奖，更被讥笑为“自己给自己发奖”。只是与往届稍有不同，本届评奖大幕甫一拉开，就有了一个娱乐性十足的片头——“方方柳忠秧事件”；评奖结果公布后，除了照例出现“获奖作品被公众质疑”的老套情节，还增添了“终评作品0票收场”的巨大噱头。所有的一切，都预示着这部大片将获得极高的票房。

周啸天无疑是这部大片的主角。他的诗词集《将进茶》获得鲁迅文学奖，无异于在文学界投下一颗炸弹，新浪微博连日硝烟弥漫，网民以口水为武器，对这位新科状元狂轰滥炸。他们把“炎黄子孙奔八亿，不蒸馒头争口气”之类的句子，直接当作周啸天的代表作，冠名“打油体”。平心而论，周啸天并没有网友们所认为的不堪，除了部分作品流于油滑，有“打油”嫌疑，大部分篇什还算明白晓畅，贴近现实，总体看来还是中规中矩的。比如下面这首《苏幕遮·上青藏》：

及良辰，将胜友。
与子偕行，与子偕行久。
小别重逢一握手。
唐古拉山，唐古拉山口。

镜湖平，阴岭秀。
雪积云端，雪积云端厚。
好客人家处处有。
熟了青稞，熟了青稞酒。

清新，婉约，叠句用得不露痕迹，恰到好处，可称好诗。但这样的作品在《将进茶》里并不多见，这本诗集里更多的还是“休把庄稼种上天，退耕还草与青山”“会抓老鼠即为高，不管白猫同黑猫”这样的俗作。要获得4年一度、每次只有5个诗人入选的鲁迅文学奖诗歌奖（旧体诗词只有一个），仅仅写得“中规中矩”是不够的。获奖名单公布后，由于对周啸天的名字非常陌生，老家的一位青年诗人从网络上找其作品拜读，然后兴奋地给我发来信息：“我们县晚霞诗社的社员们纷纷表示要申报下一届鲁迅文学奖，他们写得和周啸天差不多！”当然，这是玩笑之语，达到周啸天的水平是一个问题，有没有周啸天的运气是另一个问题，谁说过写得好就能获奖？

与那些偏激地全盘否定鲁迅文学奖的网友不同，我并不质疑本届“鲁奖”诗歌奖评选的整体结果，我认为这一届“鲁奖”整体还是评出水平了的。5个获奖诗人中，至少有3个诗人的作品达到了较高的水准。他们的作品与前几届获奖者相比，并没有明显的差距。尤其是本届诗歌奖获得者之一大解，作品语言澄明，内涵高远，他的获奖，是对本届鲁迅文学奖诗歌奖的拯救。我不理解的是11个终评评委所投的票数。经过层层评选最终进入前十的诗人，有3人满票，包括在国内散文诗界享有盛誉的老诗人耿林莽和近十年声名鹊起的青年诗人江非等4人获得0票，惨败收场，资质平平的周啸天居然获得9票而光荣入选！要得到这样的结果，需要评委们多大的默契和共识！更何况9名投周啸天一票的评委，绝大部分是新诗写作者和研究者，在旧体诗词领域毫无建树，却在最后关头空前一致地把票投给一本有明显“打油”痕迹的旧体诗集，这里面给人多么巨大的遐想空间。

一位诗歌奖评委事后在博客上发表文章，透露了一些投票情况——耿林莽参评的《散文诗六重奏》在20进10的投票中仍然获得满票，但在最后10进5投票前被发现不符合“鲁奖”评选章程中“参评诗集中要有三分之二以上的作品发表于评奖前三年内”的规定，故被临时取消评选资格。这个理由看似正当却相当牵强，参评作品的资格问题，早在最初申报时就已通过《文艺报》和中国作协官方网站的公示。耿林莽的作品经过了公示符合参评资格，并且经历了类似于200进80，80进40，40进20，20进10等一重重严肃苛刻的评选环节，竟然在决定最终能否获奖的10进5环节中才被指出不具备评奖资格，这令人难以置信。退一万步说，即便耿林莽的诗集真的不符合规定而却通过了层层检核，这也是评奖工作的疏忽。组织者的工作漏洞，最终结果却要作者来承担，这显然是不合适的。

至笔者写这则短文时，鲁奖公布结果已整整一周，相关情况仍在发酵，剧情仍在延续：柳忠秧要赴川PK周啸天、梁衡和阿来等落选者公开发表声明、柳忠秧正式状告方方……无不预示着“鲁奖”这部大片还有精彩的后续。作为一个普通作家，近几天我与部分获奖者、落选者、评委有过一些私下交流，和他们一样经历了欣喜、惊讶、愤怒、疑惑、无奈等心理变化。有诗人说，等着看好戏吧，纪检机构可能会介入，连新华社都看不过眼了。而我对此不抱期待，惊讶也好疑惑也罢，此类事情除了增添一些茶余饭后的谈资，不会出现令人振奋的结局，各种奖项不会因此减少，跑奖的人会继续跑，令“友邦惊诧”的种种剧情会继续上演，甚至更多、更大、更轰动，如同墙上本来只有一个小洞，跑的人多了，便成了后门。

大地上的劳动者

说文学是块地，相信不会有什么反对意见。但这块地到底有多大，是三分还是三亩，或者是漫无边际，不同的人就有不同的看法了。在我的猜想中，谦逊且知道自己能力边界的“劳动者”，有可能把自己的“领土”拓展到最大限度。我有一个农村亲戚，因为腿脚不便，便承包了两个山头种水果，同时在果树下栽些豆子，结果收入远高于村里传统的水稻种植者。精明的作家也是如此，在文学的土地上，他们不会贪大求长，而是在对自己的能力有清醒认识的基础上，选择最适合的文体，然后辛勤耕耘，同样可获大丰收。在这方面，鲁迅和博尔赫斯做出了很好的示范，他们都没写过长篇小说，但谁能将他们赶出大师的队伍？然而，现在似乎只有长篇小说和影视剧本才算“成果”，想想也够滑稽的。

与那些知道自己能力界限的作家相比，越以为自己了不起，认为只有自己写的东西才算“东西”，别人写的都是垃圾的作家，他所拥有乃至于所能目及的土地就越狭窄。笔者见识过几个眼睛长在天灵盖上的小说作者——说他们是小说作者是因为我不认为他们的作品达到了与他们的狂妄同等高度——这些人有几个共同的特点，比如喜欢看影碟，特别是外国片，从中大把大把地吸收“营养”，被人揭发抄袭了就辩解说是“君子所见略同”；比如喜欢在作品里讽刺别人，或利用有限的权力打击异己，睚眦必报，现实生活中的一点点风吹草动都让他们如临大敌。他们也会愤怒，但不是为社会上的不公平而愤怒，而只是愤怒于自己的蝇头小利有可能受到冒犯。这样的作家可笑且可悲。王朔说：一个作家没必要对所有的小事都愤怒到住院的程度，你的愤怒是多大格局，你的文章就是多大格局。这话有道理。

既然文学是一块地，写作无疑是一种劳动，而且是不必加上引号的劳动。文学无穷无尽，这块地就无边无际。劳动者在土地上劳作，有的是数年，有的是一生。如同农民的耕耘会得到不同的结果，写作也有几种不同的结局。有的写得其乐无穷，有的被折磨得瘦骨嶙峋，有的甚至永远倒在“田间地头”。有人以为写作很轻松，在键盘上敲敲打打就行了，中小学生接受的教育也是“写作是脑力劳动”。这是一大误会。写作是精神与体力的双重消费，有时候，所需要的体力并不比春种秋收少，特别是写大篇幅的作品，没有足够的体力，不见得能坚持到作品结束的那一天。因写作而累坏、累垮甚至累死的作家并不少见。路遥、邹志安等就别说了，我的同事光盘在2002年夏天完成了他的第三部长篇小说《王痞子的欲望》后，体重由120斤变成了80多斤。有一段时间我都不大敢去上班，怕看到他形销骨立的模样。好在这家伙运气不错，半年之后，那丢失的几十斤又补了回来。

还有一种“劳动者”值得钦佩，他们不是倒在文稿前，而是为文学事业鞠躬尽瘁。为整理海子作品劳累过度而猝然离世的《十月》编辑骆一禾，为刊物和作家的利益奔波积劳成疾而去世的《上海文学》主编周介人堪称表率。他们的劳动可能没有创作者表现得那么明显，却同样重要。用艾略特评价庞德的话说，他们做的是调音师的工作。没有这些出色的“调音师”，“乐手”们的演奏效果将大打折扣。然而并不是每个作家都有为文学奉献生命的勇气，一些劳动者似乎更愿意发挥自己的聪明才智，通过各种方式让自己少花些精力而获得尽可能大的成果。他们花钱买转载、买奖状，“借鉴”外国影片的情节，“参考”“借用”其他作家的作品……前几年评出来的某个文学大奖，据说其中一个作家以7万元走后门而如愿以偿。还有一个大款，写了不少小说，说实话，那些小说虽还能让人读得下去，但如果说有多么优秀，就相当勉强了。奇怪的是，几个著名的选刊时常转载他的作品。后来人们才知道，这个老板作家在写作之余勤快着呢，他早把上上下下都“打点”好了。有作者上门“联系感情”，对于正为“搞创收”而发愁的刊物编辑而言，自然是天大的好事。好在这些选刊的老总也还没有堕落到为了钱出卖所有版面的地步，他们善于在优秀与平庸的作品间进行搭配，即在发表“关系稿”的同时，选一些真正的佳作以撑门面。这种做法表面上与劳动无关，实际上也是“劳动”——当然，这种劳动更形象的说法是“活动”。我们不必为那些走后门的“劳动者”和唯利是图的编辑而过于愤怒，时间是公平的，泥沙永远是泥沙，不会因为与金子摆在一起而变为金子。劣作从被写出的那一刻起它的身份就注定了，即使它被无数次地转载或获奖。

还有一种“劳动者”更可恶，他们身居高位，自己不去体验生活、思考生活，却要坐享其成。比如那些暗示下属为自己当“枪手”的领导，比如曾被指控抄袭的某著名作家。把别人作品中的“张建国”改成“李建国”，把别人的“小鱼儿”改为“小泥鳅”，就成了自己的“新作”；甚至直接“引用”别人的数万字，被起诉后还为自己喊冤。其实他们到底冤不冤，自己心知肚明，旁人也不难分辨。这些身居高位者非常聪明，他们往往打着“帮忙”“扶持新人”的美妙借口来侵犯别人的权利；或者早有准备，在“借鉴”之前跟有关部门签合同，以尽量摆脱法律责任。其实从另一个角度看，他们也太不聪明了。无论是谁，要想不劳而获，想占用别人的成果让自己“事半功倍”，即使在法律上没有受到惩罚，也逃不过道德的谴责。

近日无事，钻故纸堆，读到沈从文在文革期间写的一份检讨书。在检讨书里，沈从文说，自己30年中写了几十本坏小说，在旧社会起过一定的有害作用，对于促进新社会的产生，无丝毫贡献可言。经过长期学习，几乎每年都要写“自我检查”。自己用“补过赎罪”的心情在历史博物馆的陈列室和库房转了整十年，希望“上面”能开恩，让自己做一些古书画鉴别工作用以赎罪……作家写检讨算不算劳动呢？依我看应该算。这份长达6000字的检讨书无疑耗费了作家的体力，但更多的是对心智的磨损——还有什么比让一个文学大师全面否定自己的创作更为残酷的呢？我不懂历史，不知道最终“上面”是否答应了这个落魄文人的请求，但我知道沈从文写检讨时必定是心力交瘁，不胜疲惫。就连我这个读者，读完这些文字后，也是全身软绵绵的，像挑过千斤重担一般。

中国有几个三流作家

近读杨显惠小说集《夹边沟记事》，对出版家贺雄飞的序言《历史的补丁》中的一段话颇感兴趣——

> 优秀的小说应该传递四个方面的信息：一是对现实社会生活的反映和批判，二是对历史和文化的揭示和扬弃，三是对人本身的存在和人性善恶的多维思考，四是对人类的终极关怀……四流的作家，只是简单或肤浅地图解现实，不过供人消遣和休闲罢了，反腐败小说、美女文学、新写实主义等，大多在这个境界。三流的作家，透过现实已窥视到历史和文化的影子，像莫言、贾平凹、陈忠实、张炜、余华、阿来等作家已超越这一境界，正在向人本身进军。二流作家，直抵丰

> 富、复杂、多维的人性，从物质层面向精神层面探索。许多小说为什么没有生命力，就因为他们还处在时代和现实的包围中，还没有冲进历史和文化内核，更遑论人性。一流的作家，是世界级的大作家，不仅穿透现实、历史和人性本身，而且关怀人类存在的意义，像卡夫卡、贝克特、马尔克斯、海明威等人，无不是这种境界。中国文学想要和世界接轨，没有此种要求，绝对是天方夜谭。

从上面的文字我们至少能够得到如下信息：其一，中国没有一流作家。这不是什么新鲜的话题，“寻找大师”一直是中国文学批评界在进行着的事情，只是每次都是清一色的“开头轰轰烈烈，结尾两手空空”而已。其二，中国没有二流作家。莫言、贾平凹、陈忠实、张炜、余华、阿来等人也只居于三流与二流之间。贺雄飞大力推举的《夹边沟记事》作者杨显惠，虽“具备了二流作家的全部要素”，然而算不算二流，贺雄飞语焉不详。其三，中国的作家，最高层次的也就是三流，至多比三流超出一点点。因此，那些比莫言、阿来、贾平凹、余华稍逊的作家，只能屈居四流行列了。而这已经算是不错的了，更多的作家是五流、六流、七流……

我们当然有一万种理由反驳贺雄飞的观点。我一直认为，中国有几个作家即使是在这样严格的分类中，至少也能进入二流行列。我们还可以质疑贺雄飞对作家等级的区分条件，因为他过于注重内容——历史感和文化感，而没有顾及文学作品的另一要素——形式——的重要性。我们还可以指出，被贺雄飞“一锅端”的莫言、贾平凹、陈忠实、张炜、余华、阿来等人，其文学造诣仍有高下之分……在具体的作品上，莫言的《红高粱家族》、余华的《在细雨中呼喊》、阿来的《尘埃落定》、王安忆的《长恨歌》，以及欧阳江河、于坚的部分诗歌足以符合贺雄飞的“二流作家”标准。但无论如何，我宁愿相信并执守贺雄飞的这种分类法。我注重的是他所站立的高度，他的自省精神，以及因此而带来的开阔视野。多年以来，我们所受到的教育一直是自己的国家“地大物博”。是的，的确如此。但是这句话仅仅针对地理面积和物产资源而言，而不能推广到所有领域。在文学创作上，我们出过曹雪芹，但那是两个世纪以前的事情了。20世纪以来，我们又有几个作家能够在国际上拥有真正广泛的影响？没有，有的只是小范围的，诸如“有作品被翻译成多种文字”“在意大利出版过小说集”“参加过鹿特丹国际诗歌节”之类。当然，也不能说这些作家和作品在国外不受推崇，据说少数作家在国外也拥有不少“粉丝”。但这影响比得上卡夫卡、贝克特、马尔克斯、海明威吗？比不上。那我们还有什么可狂的？

我也曾对作家进行过与贺雄飞近似的分类，但我的态度要温和些，也乐观些。我认为中国文学有一流的作家，他们少数作品的杰出程度并不亚于一些诺贝尔文学奖获得者。不过在我的分类法中，一流作家前面还有大师级作家，也就是我们熟知的卡夫卡、艾略特、布罗茨基、海明威这一拨。一流之下的作家，自然有二流、三流、四流。作品艺术性较高的（比如马原等）算是二流，比马原等稍差的算三流（请恕不列举名字），更逊色的作家只能列在四流以下。以这个“等级框架”来衡量中国的作家，可以得出结论：中国的大多数作家基本上属于四流，能入得了三流的少得可怜，更不消说二流、一流和大师了。我常跟朋友说某某是二流作家。不知内情者以为我在讥讽人，实际上我是在赞扬他与马原同一个档次；我说某某充其量也就是三流水平，言下之意是他再加把劲，就有可能和马原比肩，相对于大部分中国作家而言，至少不算辱没他们吧！消息传到被评论者耳中，知我性情者哈哈一笑，有的还会说“多谢抬举”；不知情者则以为我有意奚落，令其难堪；遇到心胸狭窄的，这“梁子”不结也难！事实上，既然是文学创作，总有素质高下之分，比你优秀的作家站在前两排，你就只能乖乖地站到“第三梯队”里。你可以不服气，甚至四处叫嚷你最“牛逼”，但要得到更多读者的认同，首先得拿出优秀的作品。

贺雄飞的序言里还有一句发人深省的话：“民族精神的传承靠的是严肃文学的血脉。市民文学和通俗文学，充其量是一个色彩缤纷的泡沫，随着时代的步伐，迟早要烟消云散。人人休闲、麻木、自私，肯定是这个民族堕落的开始。”可是，在中国，又有几个作家具有这样的责任心？人人忙着撰写便于改编成电视剧的小说，忙着开笔会、作秀、争吵、自吹和“互吹”；稍有才华者靠想象编故事，江郎才尽者则跟着国外的影碟写，或者别有“目的”地走“下三路”，总之先把钱挣到手再说。所谓的尊严和脸面是不必在乎了，被读者臭骂或被告上法庭正好“一举成名”。可笑的是，这样的作家水平不入流，却常摆出大师的姿态。参加过一次外国笔会、出版了一两本小书、卖了几万元电影版权之后就不可一世。靠手中有限的权力拉帮结派、排斥异己，动辄“封杀”别人，好像他掌握了文坛的生杀大权。一旦有人批评他的作品，就如临大敌，然后明里暗里给别人“好看”。一个作家是那么容易受到打击的吗？难道他的写作不是因为内心需要而仅仅是为了脸面？他是否考虑过，文学承认这些吗？时间承认这些吗？当他写下的文字如泡沫般飘逝，他是否还会如此自信？

写下这些文字的唯一目的，是向文坛发出呼吁：希望看到更多不斤斤计较个人得失的作家和“穿透现实、历史和人性本身，而且关怀人类存在的意义”的作品出现。因为，“中国文学想要和世界接轨，没有此种要求，绝对是天方夜谭”。

谁比谁更垃圾

十余年来，我收到过很多作家自费出版的作品集，内容主要集中在诗歌和理论著作方面，以及少量的先锋小说。这些作品集有的是与出版社“合作”出版，有的在新闻出版管理部门申请了内部准印号，还有一些和时下常见的“民间刊物”一样，省略了所有手续。圈内人习惯于将后两种作品集称作“自印书”。自然，严格地说，没有申请到准印号的那一种“自印书”只能称为资料，出于对文学创作的支持和对作家的理解，只要作品内容在法律允许的范围之内，很多地方的管理部门对这种印数有限、仅供内部交流的小册子相当宽容。

除了在出版手续上的区别，自印的作品集与公开出版的图书还有制作质量上的差别。众所周知，对于公开出版物的印刷质量，国家有一定的衡量标准，而“自印书”则可以马虎一些。在我收到的自印图书中，制作粗糙者多而精美者极少，印数一般是数册到数十册，与正规出版物动辄数千册的印数有天渊之别。据说十多年前，诗人翟永明曾表达过这样的意思：如果她有机会正式出版诗集，就只印两册，一册留给自己，另一册“献给无限的少数人”。从翟永明后来所出版的诗集的印数看来，她也只是开开玩笑而已。

可以把“自印书”的流行看作是当今纯文学作品出版状况的缩影。除了那些“著名作家”和能够通过各种方式缴纳出版经费者，经济状况较差的普通作家要出版一部作品集简直难如登天。那么，在既希望自己的作品能被更多的朋友系统地阅读，却没有足够的钱财与出版社“合作出版”的情况下，到新闻出版局办个准印号，甚至直接找街边小店打印几本未尝不是一个解决方法。

2001年冬天，《诗歌月刊》举办的金华诗会上，浙江诗人沈娟蕾给我送了一本她的诗集《冬天的品质》。全书68个页码，极其简朴，先是电脑打字，然后复印并用白纱线手工装订。按照书末“版权页”的介绍，这本诗集“首印”7册，“第二次印刷”12册，共19册。这是我最钟爱的个人诗集之一，一连几年，都摆放在书架的最醒目处。从它极少的印数，我们可以看得出作者是如何的自珍与自爱——因为少，所以不可能漫天散发而只赠送给值得赠送的人。我想，每一个获赠此书的诗人都不会轻视这一份信任。

花费那么多口舌对“自印书”津津乐道并不表明我对正规出版持排斥态度。如果作品有出版社主动出版，自然是好事；如果作品具有一定的质量，作者的经济状况尚能承担出版费用，那么，“合作出版”也未尝不可。然而，有的人总觉得合作出书是丢面子的事情，他们宁愿悄悄地找一家印刷厂印个几十本送朋友，也不愿意找出版社，尽管他们不缺钱。这些作家的担忧不是没有道理的，的确，有不少人对自费出书者怀有偏见，他们认为自费出书是名利心作祟，需要自费出版的书是垃圾。其实，随着经济状况的改善和纯文学作品的日益边缘化，自费出书已越来越为人们所习惯。解放前，许多著名作家的著作就是自费出版的。在西方国家，作者自付出版印刷经费更是屡见不鲜。所以，虽然不排除某些人为了达到某种庸俗目的而掏钱出书，但也应该看到，还有一些人自费出书仅仅是为了圆一个梦想，让自己的生活更有意义而已。

书在本质上是精神的，不能以“元”为单位衡量。挣钱多少充其量只是标准之一，更重要的标准是作品的艺术价值和对精神的净化程度。《少女之心》如果能够出版，也许能为出版社带来百万收入，可是这就能证明它是一本好书吗？假如我们用海明威的高度来衡量，中国的大小作家基本上都是一个档次；而在金庸的财富面前，内地大多数“著名作家”都还没脱贫。既然如此，取笑别人自费出书，不过是五十步笑百步而已。再说，人家出书花的是自己挣来的钱，也没有妨碍有“门路”的人正常出书，即使把那一千册样书堆在床底或当废纸卖，也要比那些以权谋私、损公肥私者高尚吧！现在有的人，或利用自己的职权给出版社领导施压，或与出版社领导搞利益交换来出书，或干脆打着一些冠冕堂皇的幌子，公款私用，供自己和几个“弟兄”出版垃圾文字。这种书才是世界上最脏的书。

从内容上而言，自印书和自费出版的图书与公费出版的图书并无先天的优劣，公费出版物中有大量垃圾，自印和自费的作品集中也不乏金子。一本书需要自费，有时候是因为出版社的唯利是图的心理和社会阅读潮流的逼迫。在阅读越来越功利、人们宁愿看电视也不愿读原著、重物质而轻精神的年代，以自费和公费来衡量一本书的质量的做法亦相当偏颇。卡夫卡在生前碌碌无名，发表不了作品；梵高生前画没卖掉几幅，甚至连妓女都对他敬而远之，但多年以后，他们的作品震动了全世界。这正好印证了“英雄不问出身”这句话的正确。因此，拿自费出书的人来调侃甚至嘲讽，不仅不厚道，也没道理。是否存在宁愿自印而不愿意将自己的作品公开出版的作家呢？鉴于“有钱能使鬼推磨”的出版方式盛行于出版界，我相信一定有这样值得我们尊敬的人。

曾在报纸上读到一个依靠裙带关系而出过几本小随笔集的老作家建议有关部门控制“自费出书”的呼吁，理由是自费出的书是垃圾，既弘扬不了中华民族的优秀传统文化，也不能向读者传播知识或陶冶读者的情操。这一招实在太损，不仅断了自费出版的前路，那些自印的作品集更是不消说了。且不说控制自费出书是否合法合理，单说他的理由就荒谬异常。为什么凡事都得往“民族”“传统文化”那么大的方向靠呢？弘扬不了中华民族的优秀传统文化，不能向读者传播知识或陶冶读者的情操，那么我陶冶自己的情操总可以吧？而且我也不妨碍你公费出书或买其他书来“陶冶情操”啊。再说，也不是所有公费出版的图书都能“弘扬中华民族的优秀传统文化，向读者传播知识或陶冶读者的情操”吧。据我所知，至少在诗歌界，最受欢迎的正好不是正规诗歌刊物，而是诗人内部印行的

"民刊"。相对于那些生机勃勃的自印资料，不少公费出版的书可以扔进垃圾桶。

你属于哪一边

自从当年朦胧诗的辉煌之后，好像人们已经习惯于这样的一个说法：写诗的人在减少，真正称职的诗歌读者也日益稀少。然而我看到的状况正好相反，诗坛的热闹程度并不亚于上个世纪80年代——笔会照开，诗集照出，诗刊照办，“流派”照出，架照掐。

所有“项目”中，又以诗人掐架最为壮观，而在所有的“阵仗”中，又数所谓的“知识分子写作”和“民间立场”打得最为激烈。可是，这两种写作立场虽有相悖的一面，但我无论如何也难以理解为什么双方不能宽容地对待别人的写作。难道不能各写各的，把最终的是非留给时间去鉴定吗？事实上，这两种写作方向并非没有共通之处，部分“民间立场”代表诗人的作品其实就很“知识分子”，反之亦然。如果彼此之间相互尊重，吸取对方的长处，也许写出来的作品会更有说服力。

在双方振振有词的辩论中，一批刚出道的诗歌爱好者受到了迷惑，他们以为本来就有那么一个“立场”，那么一种“写作”。而我，却不改初衷——这两个命名是伪命名，它们之间的对立与其说是艺术追求的对立，还不如说是他们当中某些人在为人处世的性情上的对立。

先说“民间立场”。“民间立场”是1999年4月“盘峰诗会”后曝光度极高的词汇。《1998中国新诗年鉴》（杨克主编，花城出版社1999年2月出版）封面最上方打着一行字：“艺术上我们秉承真正的永恒的民间立场。”这行字无一例外地出现在以后数年的《年鉴》封面上，但我一直弄不清它的含义。印象中，被推举为“民间立场”诗人代表的于坚、韩东、杨黎等人对这个词的理解似乎颇有差异，有的强调身份，有的强调原创性，有的强调独立的创作意识，有的强调原生态的生命力，有的强调对主流的疏离和对边缘的亲近。各有所指，莫衷一是。

在《现代汉语词典》里，“民间”有两种含义：一，人民中间；二，非官方的。那么，“民间立场”所指的是否是人民的立场，或非官方立场？应该没有那么简单，因为如此一来，它的含义就会狭窄许多，变成身份的界定，置于诗歌写作中并不能说明多少问题。难道我们可以这样推论——“人民”是大多数的，因此以“民间”为立场的诗歌其读者也是大多数的？如果“知识分子写作”与“民间立场”是对立面，那么知识分子就不属于“人民”的一员，他们属于什么？知识分子不属于广大人民，虽然看起来有些可笑，不过倒是挺适合中国的文化传统的。

沿袭对“民间立场”的切入方式，我再次打开了《现代汉语词典》。“知识分子”在词典上的解释为“具有较高文化水平、从事脑力劳动的人。如科学工作者、教师、医生、记者、工程师等”。问题出现了——“民间立场”的诗人也多为“科学工作者、教师、医生、记者、工程师”，他们的写作为什么就不是“知识分子写作”？看来事情同样没那么简单。据说“知识分子写作”强调的是“智性”以及一种自觉的反思和批判精神，然而你不能说只有你具有批判精神而别人缺乏。从这个意义上说，“民间立场”的代表人物于坚就挺“知识分子”的。

前些日子读到一篇短文，增进了我对“知识分子”的了解：

很长一段时期内，知识分子一词始终有着介入社会的独立思想家的意思，依照这层定义行事的知识分子不断涌现于人类思想史中，比如号称“出现在所有思想战线上的守夜人”的萨特就堪称典范。然而，“知识分子”的含义在20世纪四五十年代的美国悄无声息地变化着。雅各比发现，不知不觉中，知识分子们形成了所谓的新阶级，他们依附于各种社会机构，忙于使自己符合机构提出的种种条件，更看重被社会认可，为此甘愿放弃针砭时弊的独立旁观者身份。昔日的大学教授是“游荡于社会中”的环境不适者，今天的教授们却“渴望得到一大笔钱，开上好车，贪求各种职位，并为得到爱情、奢华和名誉而奔赴一个又一个会议”。（周晓阳：《当知识分子遁入“学院”以后》）

如果谁自命“知识分子”，不妨先按照这段文字来检点内心。在我的理解中，真正的“知识分子写作”绝不是那种被诟病为西化的、饶舌的写作风格，而是表现在作品的内容上和作家的姿态上。一个合格的知识分子首先是一种立场，一种良知，他不会融入“主流社会”，他以审视、怀疑的眼光看待社会，而不仅仅是琢磨写作风格和文学趣味。而人们对中国诗坛的“知识分子写作”的不满也许是因为其中的很多人舍本逐末，专注于语句的炫耀而失落了批判的锋芒。也就是说，在当今中国诗坛所出现的大多数“知识分子”已经与传统意义上的知识分子在内涵上有了区别。这种品质在解放后越来越罕见了。当然，不能把全部责任归到诗人作家的身上，这里面有更深层的不便探讨的社会原因。但无论如何，如果避开担当“思想战线上的守夜人”这一神圣义务，仅仅是欧化的词语和句式，这样的“知识分子”被人嘲讽是理所当然的事。

1999年后，我有时候也随大流地使用“民间立场”和“知识分子写作”两个词汇，但我仍然无法对它们的含义以及两种写作之间的争论心领神会。我读到过“知识分子”们的很多好诗，也读到了“民间”的大量佳作，我尊敬每一首好诗和每一个能写出好诗的人。这个态度自然难以避免招致“中庸”“没有立场”的指责。对此我从不分辩，我永远做不出那种由不喜欢某一首诗歌到连那首诗的作者也恨上的事情。

所以，虽然包括我在内的很多人随大流胡喊一气，但严格地说，没有什么“知识分子写作”和“民间立场”。如果真的有，在两者的夹缝中，我希望能够为自己找到一个“中间地带”。然而并不是所有的人都与我持有同样的看法，相反，“知识分子”和“民间立场”的分类在他们心目中已根深蒂固。盘峰诗会后，一些因为各种原因而无法参加诗会进行“身份认证”的诗人也在读到宣传文章后自动“归队”，争当“知识分子”或“民间”的候补队员。2000年的一个笔会上，我在我的房间和两个诗人聊了十多分钟后，便跑到隔壁房间认识新朋友。待我再次回到我的房间时，一个诗歌写得比较“知识分子”的诗人很不解地问我：“你到底是属于哪一边的？”我一愣，反问道，难道来这里开会还要“分边”吗？对方有些不好意思，连忙解释“不是那个意思”。我自然知道他没有怪我的意思，但他潜移默化地认同了“知识分子写作”和“民间立场”两分法是毋庸置疑的。可笑的是，当地电视台为笔会做的节目也口口声声“知识分子”和“民间”，不知是不是为了达到提高收视率的目的，该节目甚至安排了一个莫须有的对立面，说这次诗会由于“知识分子”诗人的集体拒绝参加，从而形成了“民间”诗人唱独角戏的局面。我在网上看到这个节目的解说词后，哭笑不得，然后是深深的悲哀。

也曾“阔绰”过

了解新时期文学历程的人们都知道，在20世纪80年代最初几年，诗人就像现在的影视明星一样，是那个时代辉煌的群体。据诗人北岛的一篇文章介绍，1984年秋天，四川作家协会主办的《星星》诗刊在成都举办“星星诗歌节”，诗歌节还没开始，两千张门票就被一抢而光。为了防止出现意外，开幕那天，主办方专门安排了工人纠察队维持秩序。然而后来还是出现了“事故”，一些没弄到票的读者破窗进入会场，大量听众冲上舞台，要求诗人签名，有的人还把钢笔戳在诗人身上。顾城、北岛只好躲进更衣室里，把灯关掉，缩在桌子底下。

2006年9月，北大教授、著名学者洪子诚到广西师大讲学时也说到了这次活动的盛况：当主办方为

“十佳青年诗人”颁奖时，获奖诗人叶文福被冲上台来的“粉丝”们抬着一个劲地往天上抛，另一些人围着顾城，如众星拱月，顾城躺在地上高呼“反对个人崇拜”。有一个为了诗歌而辞掉工作的大连青年，在那几天里一直跟着诗人们，要向诗人倾诉内心的痛苦。在被诗人拒绝之后，这个小伙子二话没说，掏出一把匕首戳进自己的手背，说：“我要用我的血，让你们看到我对你们、对诗的热爱！”

在那个时候，著名诗人所到之处，都会受到诗歌爱好者的热情款待，这样就给了某些骗子可乘之机。西川讲过这么一个故事：有一天，上海诗人陈东东意外收到一封信，信上说：“东东，你还记得那天下着大雨我在火车站送你的情景吗？”这是一个女孩写来的信，信的落款为内蒙古某市。事实上，陈东东从来没去过内蒙古。毫无疑问，有个骗子假冒陈东东的名字，跑到那儿跟人家谈恋爱，然后溜了。

进入90年代，诗歌的地位急剧下滑，诗人成为最受冷落的动物。两个月前，本市一群搞文学的朋友在一个酒吧举行了一次小型诗歌朗诵会，其间，大家谈及了诗歌的状况。我开玩笑说，我曾经听一些诗人说起过他们在80年代初期的快意与辉煌，当时的女孩子都是坐在诗人的大腿上听朗诵的，而现在诗人几乎已沦为“疯子”的代名词，别说能够获得像当年那般高级待遇，只要人家平时把你当正常人，不斜眼看你就算万幸了。后来，一个朋友把我说话时的照片放到了他的博客上，照片中的我摊着双手，一脸无奈。朋友为这张照片撰写的说明是：“诗人刘春谈起了当年诗歌受欢迎的情景，然后双手一摊说，生不逢时啊！”

的确，和以前相比，现在的诗人是有那么一点“生不逢时”，正如前面所说，现在诗人的形象以及诗歌的境况可能每个读者都会有一些共识，那就是：“诗人”已经变成一种略含讥讽味的词汇，诗歌越来越受到漠视。不能说读者产生那样的所谓“共识”不存在偏见，但诗人自身也难咎其责。由于大众传媒事业的日益发达，许多炒作手段被运用到诗歌写作和诗歌活动上来，把诗歌写得“口水”化和“诗歌行为艺术”的出现也就不足为奇了。比如在一场名为“保卫诗歌”的朗诵会上，某诗人在众目睽睽之下赤身裸体上台，再如诗人杨黎的“极限写作”行为。让我们看看下面这个在2007年伊始引起文坛关注的事件吧——从2007年元月23日至2008年元月23日，整整365天，杨黎生活在一间16平方米的小房子里。在这期间，杨黎不准看书报、电视，不能打电话和上网，只有一台可供写作的电脑。他的床，就是一个刚刚焊接好的铁笼子。房间的墙上有两个直径约20厘米的小圆窗户，有人专门通过这两个小窗户为其提供饭食和手纸，并从这里取出杨黎的作品张贴在其博客上。同时，房间里安装有摄像头，将他的写作和生活全天候在网上直播。

为什么诗人如此“自囚”？在这里，我不想妄自揣测当事人的心理，但有一点必须指出——如果“极限写作体验”成功，杨黎将获得活动赞助方提供的20万奖金。可是，20万是那么容易得来的吗？它需要多少意志力做交换？仅仅10天之后，现实就给出了答案：杨黎悄悄逃跑了。而事件的策划者则开始征集“第二号自囚者”。对策划者的热情，我无法不面带苦笑，说一句“I服了YOU”。

同是诗人，同是与诗歌相关的活动，前后两者怎么会差别如此巨大呢？我想原因很简单：前者是纯粹的诗歌朗诵，观众对诗歌也是发自内心的热爱，而后者已经掺杂了太多其他因素。所以，平时在外面应酬，我不喜欢朋友介绍我为诗人，即使前面加个“著名”。并不是我对自己的作品不够自信，事实上，在心底里，我无时不在为自己能够写诗而荣耀。不大愿意被人们介绍为“诗人”，除了缘于我对诗歌的认识：诗歌只应该是业余爱好，写诗是自己内心的需要，没必要昭告天下；还因为我为这个时代羞愧：一个号称“诗之国”

的国度却把诗人作为讥讽的对象，这无论如何也不是一件值得拿上台面的事情。我还不喜欢那种一听说你是诗人就叫你当场“来一首”的做法，这是对诗歌的误解和亵渎。真正的诗歌不是文字游戏，只有那些不入流的诗人才能在任何场合都能“来一首”。

还有一种情况：你和一群交情或深或浅的人吃饭，对方总是劝你大杯大杯地喝酒，你拒绝了。对方就会说，哪有写诗的人不喝酒的?“李白斗酒诗百篇”嘛！每逢这时，我便想向他们传播点常识，比如李白当年喝的酒度数很低，可能只能像我们现在喝的啤酒甚至可乐；比如古体诗和现代诗是有区别的，古体诗有套路，就像一种可以通过模具制造出来的工艺品，材质再差也能弄得像模像样。“熟读唐诗三百首，不会作诗也会吟”就是这个意思。我甚至想提醒他们，酒不见得是好东西，李白就是喝多了想去捞月亮而把自己弄死的。而每次话到嘴边我都会改口说：正因为我的才华比李白差一点儿，所以尽量少喝。

《大家》记忆

我是《大家》的读者，也是作者，同时还与《大家》的编辑有过交往，所以此次《大家》出“山寨版”导致停刊事件，我比较关注。

1994年，《大家》创刊的时候，做足了宣传，虽不能说举国皆知，但至少在文学界是一大盛事。在此之前，中国还没有过那么大开本、那么厚、那么“奢华”的文学杂志。每期一个国际名作家的照片作封面，视觉上极具冲击力；谢冕、王蒙、汪曾祺、刘恒、苏童、王干担任栏目主持；作者基本上是名作家名诗人；高达10万元奖金的文学奖并到人民大会堂颁奖……任何一点，都那么夺人眼目。就拿创刊号来说，苏童的长篇小说，格非、叶兆言、刘心武的中篇小说，白桦、陈染、迟子建的短篇小说，汪曾祺的散文，于坚的诗歌，无一不是亮点。可以说，《大家》一面世，国内文学期刊的格局就发生改变，这个新生面孔直接跨越众多的“省级”文学刊物，直接与老牌的《花城》《钟山》《收获》《十月》并列，甚至更为牛气。

那时的《大家》每期似乎是12元，而且能够从一般的报刊亭买到。当时很少有文学杂志定价那么高，为了那份新鲜和仰慕，我一连买了几年。大约是2000年后，民刊和网站风起云涌，我的兴趣有所转移，加上觉得《大家》锐气不如以往，上面发表的作品没那么受关注，也从我所在城市的报刊亭上失踪了，便不再购买。但《大家》仍然是中国的高端文学刊物，其品牌仍然具有很高的含金量。

2007年秋天，我去香格里拉旅游，路经昆明，与诗人雷平阳见面。雷平阳邀来时任《大家》副主编的韩旭共饮，那天晚上我们换了4个场子，从晚上7点一直喝到次日凌晨4点，白酒、啤酒、红酒、自酿的土酒，一一尝遍。雷平阳是老朋友了，与他共饮之痛快没的说；而新认识的韩旭虽然外貌儒雅，但内心之豪爽亦非常人可比，和他喝得尽兴，就勾肩搭背，真产生了惺惺相惜的兄弟感情。那次韩旭叫我发点诗给《大家》，我回来后却发现自己没有拿得出手的作品，因而没有寄去。大约是2010年底，我因为要完成省里的签约作家任务，在没有什么满意作品的情况下，勉为其难地选了一组诗发了过去。在电话里韩旭说下一期就发出来，但后来一直没见到。我知道这肯定是我的稿子不适合。这令我想起毕飞宇写《花城》副主编朱燕玲，说朱燕玲平时很细腻很仗义，但对待稿子从来不看朋友情面。看来韩旭也是这样的人，也许他以为我将要寄去的诗歌肯定能代表我的最高水准，所以还没有读作品就满口答应，后来一看稿子，觉得分量不够，也就自然而然地“枪毙”掉了。对于韩旭的严格，我没有丝毫不满，反而增添了尊敬。做编辑就应该这样，“对作品负责”是最重要的标准。现在很多人以为刊物的编辑总是讲情面、发关系稿，其实颇有些以偏概全。实际上，凡是有影响的好刊物的编辑，对所谓的“朋友稿子”立场都是非常坚定的。我遇到过的《人民文学》的韩作荣、李敬泽、商震，《诗刊》的叶延滨、李小雨、林莽、周所同，《南方文坛》的张燕玲等人，都是这样。只有那些心有歪念，脑子里全部是色与利的编辑，才会丧失立场，滥发关系稿。

2011年10月，我去厦门参加第三届中国诗歌节，再次与雷平阳见面。雷平阳在编一本艺术杂志的同时，兼为《大家》组稿，听说我写了一篇批评“新红颜”的文章，就马上叫我给《大家》，并当场给与我们一起参加诗歌节的“新红颜”命名者李少君打电话，说“准备在下一期《大家》头条发表，可能里面有些词句会比较激烈”，李少君不以为忤，说欢迎争鸣，严肃的争论不会影响朋友感情。于是，我的那篇长文很痛快地在《大家》2012年第一期头条位置发表了出来。

两个月后，收到《大家》寄来的稿费，800多元，应该是按照千字百元的标准计算的。虽然这20年不知道看过多少汇款单了，但拿着《大家》的稿费单，我还是有些感动。在此之前我知道《大家》还有一个“理论版”，也深知《大家》文学版要自谋出路，经济上肯定非常紧张，所以对稿费并无期待。而从这一点可以看出，《大家》的编辑们有纯粹的文学之心，是尊重文学的。至于为什么会另外编一个“理论版”，我想凡是对畸形的职称评定制度及纯文学期刊面临的困境有所了解的人都不难理解这里面的因缘。这是一个很奇怪的国度，富豪可以一掷千金，用几万几十万去博一个三级片演员的好感，却极少想到支持濒临绝境的高雅文学期刊；领导可以吃一顿饭一两万元，却不会想到那些没有“市场”的文化单位在死亡边缘挣扎；一份一辈子用不上外语的普通工作，要“上台阶”却必须通过外语考试和拿出研究性的论文……

当然，《大家》在这个事情上也不是无辜的，它也有错。所以我在为它惋惜的同时，不会为它开脱。唯一希望的是，国家相关领导和部门能认清事情的症结所在并有所反思，尽快拿出妥善的解决对策，而不是一“停”了事。

最后说两个趣事：一，因为前面所说的那篇批评“新红颜”的文章，我和《大家》的编辑符二有过几次联系。最初我以为符二是男的，一直叫“符二兄”，通了几次短信之后，符二终于忍不住，回复说：“我不是兄。”二，一个与某“新红颜”代表人物关系不错的男诗人读了我的文章后，在QQ上给我留言：“刘春你这个傻逼！”

向陆游学习

“诺贝尔文学奖”是中国文学界的情结。前些时候，诺贝尔文学奖评委马悦然再一次给出了例证。在接受媒体采访时，马悦然举了两个中国人为了获奖而贿赂评委的例子：“一位香港出版过不少诗集的女诗人，给我寄过一张5000港币的支票。”“一位山东的文化干部在两年之内给我写过18封信……说他本人很阔，奖金我可以留下，名誉归他。每封信中都有书画作品……”马悦然说，他是这样理解这些人的行为的：“中国是世界上人口最多的国家，形形色色的人不少，其中不乏急功近利者、脑筋不清楚自以为是的人，骗子、腐败分子、伪君子”。

这让我联想起《文学报》刊登过的一篇文章，内容也是关于诺贝尔文学奖的。文章说，前任瑞典诺贝尔文学奖委员会主席卡耶尔·艾斯麦克2010年冬天在上海和中国诗人交流时，说“中国有世界级的诗人”，并且透露了一个内部信息：诺贝尔文学奖的评委们“已经在关注，并且正在阅读他们的作品”。中国诗人们很兴奋，纷纷询问哪些人进入了诺贝尔文学奖评委会的“法眼”，为什么中国诗人或作家始终无法获奖，这个瑞典老头以沉默作为回答。

这篇报道里，还有这样的话：“对于中国作家的诺奖‘情结’，瑞典作家协会副主席马格努斯·雅克布森似乎有些不解。因为在瑞典，他们很少把诺奖当那么严肃的一件事来谈……他还透露了诺奖最近的评选标准之一，‘第二次世界大战后，诺贝尔文学奖的评选标准更注重文学作品的开拓性，但在1979年后，更多倾向于把奖项给予默默无闻的作家。’”

把这两个人的意见和马悦然的话结合起来看，传达的信息就很耐人寻味了。每天都有那么多“急功近利者、脑筋不清楚自以为是的人，骗子、腐败分子、伪君子”在折腾，生怕十天半月不露面，读者就把自己抛弃；或者把很多精力用于“运作”某个奖项，却很少真正地静下心来思考和写作。前两年，作家余华在《南方周末》上自我批评：“美国那些优秀的作家对自己的生命有种分秒必争的意识。中国作家太沉溺于安逸的生活中了。在美国，如果是我这样年龄的一个作家，将会很少外出，会是一个专心致志写自己东西的人，而在中国，像我这样年龄的作家经常在天上飞。”话说得很诚恳，但是等于没说，著名作家们仍然“经常在天上飞”。

如果中国的诗人都这样“不务正业”，那么今天我们坐在这里，讨论“中国诗歌的传承与发展”，就显得有点奢侈。好在仍然有很多诗人在坚持着严肃的创作，他们愿意彼此交流对诗歌的看法，分享彼此思考的收获，这让这个诗歌节具有了非同一般的意义，也让我们对中国诗歌的发展有了更大的信心。

绕了一大圈，请让我回到本次诗歌节论坛的正题“中国诗歌的传承与发展”上来。关于“传承”，主要有两个方面，第一是语言技巧的传承，其次是写作态度和生活态度的传承。这两年，我一直在不间断地读中国古典诗歌，特别是接触了一些陆游的资料，有两个细节让我感触很深——

陆游活了85岁，存下来的诗词大约有9500首，是中国存诗数量最大的诗人。这9500首诗词中，写于45岁前的只有200多首；46岁到54岁，写了2400多首；55岁到85岁，有6500首。可谓年纪越大，创造力越旺盛，名作越多。现在，全中国每年发表几十万首诗歌，却没有几首能让人记住；大多数诗人到了40岁左右就未老先衰，开始吃老本了。

陆游在江西做官时，由于拨粮给受水灾的老百姓而被参了一本，把乌纱帽丢了。离开江西前，陆游专门把自己多年来从各地搜集到的药方印刷成书，分发给当地百姓。

一个当官的诗人，被撤职了，还有心情想着百姓，这是怎么样的品格？放在今天，有点天方夜谭吧。现在，当官的诗人不少，但我们平时听到的基本上是他们的诗集一本接一本地出版了，他们在人民大会堂开作品讨论会了，他们获得国家级大奖了，他们被双规了、坐牢了……很少听说过他们为老百姓做过什么事。对吧？

读完《陆游诗词选》，我发现，陆游成年后的作品，大多写自己的日常生活以及所思所想，很少空话废话。这也值得我们深思。好的诗歌，都是有“人气”、有“地气”的。对于一个诗人来说，无论他生活在哪一个时代。他的创作以及对事物的理解，都会有一个对虚空之物的抛离与去魅，最终返璞归真的过程；他的写作不是空对空的，而是忠实内心又脚踏大地的。正好证明了陆游的“纸上得来终觉浅，绝知此事要躬行”，“工夫在诗外”等论断的经典性。

因此，诗人要在传承的基础上获得进步，诗歌要往更广阔更经典的方向发展，最终还是取决于诗人的才华、情怀、思想和品格。

昨天晚上和朋友聊天，朋友说，搞古典文学研究的学者普遍看不起当代文学，甚至写古体诗歌的人看不起新诗，为什么看不起？一是因为当代文学才几十年历史，经典作品匮乏；二是网络时代，泥沙俱下，乱象丛生，他们已经不愿意相信这一堆沙子里可能埋着的金子。这种说法当然是很偏激的，当代中国诗歌也有杰出的作品和诗人，比如顾城、于坚、欧阳江河、西川。不过与前面谈到的诺贝尔文学奖委员会前主席“中国有世界级的诗人”的乐观相比，我的看法要稍微保守一些。我的看法之所以“保守”，是因为我给“中国当代文学”列出的参照系不大一样。如果我们不那么机械地把1848、1919、1949、1979之类的政治年限强加到文学中，而是把视野放宽一些，宽到400年前甚至800年前，那么就不再有“古代文学”“近代文学”“现在文学”和“当代文学”的区分，800年以内，都是当代文学，陆游也和在座的各位一样，是同一时代的诗人，他的诗也是当代诗歌，从这个角度看，当下的诗人们的确毫无优势可言。

所以，一个有远大理想的诗人，他绝对不会只想着做一个当代诗人——具体地说是“当下诗人”——他的诗歌版图和视野不会受政治约束，而会尽可能地往前延伸。他会极尽所能，做一个像陆游那样的诗人。只有这样，我们今天所讨论的这个话题才具有更高的价值和意义。

（本文为在第三届中国诗歌节诗歌论坛上的主题发言）

别拿容貌说事

似乎正应了崔健的名言“不是我不明白，这世界变化快”，一不留神，“美女作家”就成了20世纪70年代出生的女作家的代名词。自此以后，媒体上只要出现70年代出生女作家的报道，就免不了拿她们的容貌和生活态度来说事，比如拿美色勾引编辑以发表作品，思想腐化糜烂，小说就是自传，生活除了性就是酒吧……在这种地毯式轰炸般的批判之下，少数具有才华的女作家面目变得可疑，文学上的突出表现被遮蔽。渐渐地，在不明就里的读者眼里，70年代出生女作家的形象与“吃青春饭”的烟花女子毫无二致。

作为70年代出生且天生喜欢凑热闹的文学爱好者，我对这批同龄人的作品、行为、观点并不陌生。相关报道、文章读多了，觉得人们对这些年轻的作家误解太多太深——据所能接触到的棉棉、卫慧、朱文颖、金仁顺、周洁茹、戴来、魏微等近十个较为知名的70年代出生女作家的生活照（而不是艺术照）看，除了个别人还比较耐看之外，其他大多数人都是姿色平平，与“美女”还颇有一段距离，似乎不具备“以美色勾引男编辑”的天然资本；在生活上，尽管有个别作家观念比较开放，但也没有任何证据可以证明所有女作家的生活也同样糜烂。几乎所有的批评文章都以、而且只能以卫慧棉棉的“堕落”为例，卫慧棉棉怎么有资格代表整整一代女作家呢？难道卫慧棉棉“堕落”，她们的同龄人也一定堕落？这种“一棍打倒一排人”的做法是够痛快了，却不能服人。退一步说，评价一个作家是否出色，标准是其作品所达到的高度而不是容貌的美丑和绯闻的多少，相貌漂亮且文如其人当然最好，但姿色平平人品一般者就注定不能写出好作品了吗？

如果我们把关注范围拓宽一些，比如读一些时尚杂志，会发现另一个有趣的现象——“美女作家”这个称谓存在着某种“误会”。一些人眼中的“美女作家”其实是与卫慧棉棉无关的另外一批人——至于她们叫什么名字，这里就不说了，好在从《女友》《新周刊》《舞台与人生》等流行杂志时常可以看到这几个

"作家"的"秀"，而且她们也在书商的操作下集体出版过作品集，然后被书商以"为美女作家正名"的方式进行宣传。然而具有讽刺意味的是，她们的小文章也只能在流行杂志上露面，根本无法进入严肃文学杂志的版面。严格地说，她们是美女，却还不能算真正意义上的作家，她们的写作仅仅是青春期小女孩的一种无意识的情感流露而已。相比之下，被指责为"用身体写作"的戴来、魏微等人却是在进行自觉的、真正意义上的写作。别的不说，仅以她们的中短篇小说和长篇小说频频在《收获》《人民文学》《花城》《钟山》等刊物出现这一点，又岂是仅凭脸蛋漂亮就能做到的？这一切，正如周洁茹所说："关于'美女作家'？那是北京一个书商弄出来的四个粉领女人的集体作秀，她们拼命想挤进来，'70后女作家'至少还都在《钟山》《作家》上发过小说，我就从来只在《人民文学》《收获》和《花城》上发小说，她们写了什么？她们只喜欢《知音》和《女友》！她们导致我们变得和她们一样低劣。"（周洁茹：《我为什么愤怒》）在同一篇文章里，周洁茹还对那些强加在女作家身上的种种误解进行了辩白："关于'另类'？'非主流'？真是好笑。我是一个专业作家，我从来都没有脱离过组织，我不过是从宣传部调往文联，他们培养了我，至今为止他们都养着我，整整四年了。我的小说《肉香》写了一个下岗女工的心理探索，我的小说《跳楼》写了孩子的成长和教育制度问题，我的小说《小林和小林的房子》写了最底层的平民生活，困境中的人们，我说出了中国平民的奋斗史就是房子的奋斗史这句话。可是一切都无济于事。他们就喜欢在我的小说里找‘性’和‘酒吧’。”

对于“美女作家”的说法，在接受记者张英的采访时，棉棉也表现得极为不爽：

> 我长得有点怪，绝对谈不上美女……谁再说我是“美女作家”我就跟谁急！作家就是作家，美女就是美女，什么叫“美女作家”？这是对自己的一切都缺乏自信的“女作家”的意淫，我不想成为这场“传奇”的受害者。……“美女作家”是对作家的不尊重，是笑话，是媚俗。请别利用文学，真恶心。

那么，人们为什么对70年代出生的作家会有如此多的误解呢？窃以为除了女作家中的确有几个“害群之马”外，读者和评论家应该从自己身上找原因。可以说，懒惰，是当代读者的一大特点。他们很少阅读或者根本没读过70年代出生作家的作品，之所以对这些作家的作品内容、生活观念“如数家珍”，是因为他们为了省事，主动跳过了烦琐的阅读过程而直接从报纸娱乐版、互联网热门话题栏目中找到了结果——“媒体评论家”的“大作”。看来，70年代出生作家名声落到这个地步，与读者误将庸俗的评论家当权威不无关系。在我看来，这些评论家对70年代出生作家的作品的接触并不比一个普通读者更多，他们充其量也只是草草读过一两篇流传范围较广的作品。他们忽略了自己面对的是一个日新月异的时代，是一批思想和身体都正在成熟着的年轻人。他们找到了这批作家的共性——年轻，而忽略了她们的个性——创作观点、价值取向各不相同。对于这样一批崭新的文学殿堂的叩门者，仅拿一种风格、一种取向来界定她们不仅轻率而且不负责任。种种因素堆积起来，“一叶障目，不见泰山”的状况怎不会出现？我曾读到一篇关于“美女作家”的文章，作者把安妮宝贝作为“靶子”。这真令人哭笑不得。安妮宝贝虽然文章长相不错，但她与棉棉等不是同一拨出现的，风格也各不相同。人们主要是把她当作“网络作家”的代表人物。看到一个女作家年纪轻、写得好，就不管三七二十一地给人家扣帽子，和别的好不相同的作家“一锅炖”，这样的评论也太不负责任了。而这，也正反映了“美女作家”这一命名的荒谬。

这种现象，除了反映出读者的懒惰，也体现了当今评论界一个众所周知的事实：浮躁。评论家已没有心思静下来细细地阅读一本书、好好地思考一个问题了，他们需要多写文章挣钱养家糊口，和朋友下馆子、上舞厅，和情人约会——这多么像被他们嗤之以鼻的“美女作家”所做的事啊——当然在酒足饭饱之后，也不忘时不时抛出一些观点、下一些结论，对人物事件指手画脚一番，否则别人就会慢慢地把他遗忘。至于这些观点结论对不对，则是另一码事了。在这种情况下，评论家们能写出怎样的作品可想而知。而对“美女作家”这一词汇的恶炒，不过是他们混饭吃的手法而已。

编辑部里的行家

不管业内人士怎么强调先锋文学创作的顽强生命力，仍无法从根本上改变世人的成见。这个80年代中后期大出风头的“王子”，如今在人前失去了关注的目光，逐渐沦落为衣衫褴褛的“贫民”。有人甚至已预测到随着经济的发展，俗文学将大行其道，而探索性的作品将逐渐衰亡……一句话，先锋文学创作已沦为“疯子”的事业。这一现象在曾经出现过《红楼梦》这样的作品的国度出现，真不知是一种必然还是一种讽刺。好在这些只是世俗层面上的问题。从另一角度看，我们还有一些乐观的资本：优秀的作家仍在坚持，优秀的先锋文学作品仍时有出现，而优秀的文学刊物仍在清贫之中一如继往地捧出浸润人类心灵的佳品。

这就是笔者写作此文的目的：作为一个有良心的

读者，有必要对优秀的期刊编辑表示崇高的敬意。首先，如果没有编辑开放独到的艺术眼光，中国大多数优秀的先锋文学作品仍将不得不束之高阁。正是那些编辑以高超的鉴赏力为人们挖掘出了真正具有品位的作品，而这些作品反过来又影响了人们的文学观念，提升了读者的审美能力，从而推动中国文学一步一步向前发展。1983年，《北京文学》的编辑王洁在堆积如山的自由来稿中“淘”到了余华的短篇小说《星星》，编委周雁如马上打电话到余华工作的乡镇卫生院，让他到北京改稿，路费和住宿费由杂志社承担；1985年，在《收获》当编辑的程永新经过与马原彻夜长谈后，决定连续三年、以每年两期的篇幅在《收获》上对马原、余华、格非、叶兆言、孙甘露等青年作家的探索性作品进行展示。三年六期的先锋文学专号，在文学界引起强烈反响，使原本无人问津的先锋文学成为焦点。而先锋作家洪峰的成名，则与《作家》原主编王成刚分不开。为此洪峰还专门写了《和成刚相遇》一文以表达感激之情。（以上事例见《山花》2004年第11期，黄发有和王云芳合作的《文学期刊与先锋文学》一文）可以这么说，如果没有像程永新、王成刚这样尽职而独具慧眼的编辑，这些作家要想获得像今天这样的地位，可能要晚好几年，甚至永无出头之日。因为文学创作不仅仅是作家本身的事情，还与周围的环境密切相关。

作为一个期刊编辑，推举和发表某些“权威人士”看不懂的作品，需要承担一定的风险和压力。据程永新回忆，对《收获》连续三年用大篇幅推出先锋小说专号，作协领导颇有微词，认为刊物此举有某种企图。现在看来，和许多同类事件相比，“作协领导颇有微词”几乎可以说是微乎其微。20年来，因编发不合时宜的作品而被迫写检查甚至“下课”的文学期刊编辑和主编，加起来可能不少于一个加强排。

编辑的心血让作家受益，对杂志社本身也不会徒劳无功。作家知道如何回报编辑，这回报不是物质上的，但比物质更重要。为感谢知遇之恩，作家通常会把自己最满意的作品交给这个编辑发表，而一般不会被另一些杂志的“高稿酬”诱惑。余华的小说基本上发表于《北京文学》和《收获》，随笔则发表于《读书》和《收获》；格非创作的多部长篇小说和大部分中短篇小说也是在《收获》发表的。有了这些作家的支持，《收获》想不成为中国文学杂志的“老大”都难。

更为可贵的是，一些有责任心的编辑在从众多来稿中遴选出优秀之作的同时，自己也在踏踏实实地进行着创作实践，他们中的不少人都可跻身当今优秀的作家和评论家行列。比如原《人民文学》主编李敬泽的文学批评、原《北京文学》副主编李陀的文学批评、《南方文坛》主编张燕玲的散文、《花城》主编田瑛的小说、《大家》编辑海男的诗歌。就笔者最为熟悉的诗歌界，“诗人编辑”现象更为明显。叶延滨的《干妈》在20年前就激动了千万人的心灵，获得过全国优秀诗集奖，他多年来一直笔耕不辍，诗歌随笔双丰收；张新泉在日常琐事中找到了独特的诗意，让人看到了平凡生活中的那一线精神的灵光，这一点使他从众多作家中脱颖而出，摘取鲁迅文学奖桂冠；而河北作家大解一开始就有着深层次的文体自觉，他的诗在语言和内涵上共同达到的澄明与开阔，使他在当今诗坛独树一帜，我总觉得是这种澄明与开阔才使得他参与编辑的那家刊物日益辉耀出博雅的光芒。

谈论这一话题不是毫无意义的。这不仅如上面所言，“作家编辑”的存在，使文学刊物与其他类型的刊物相比，对来稿的选择更为到位，从而在最大程度上避免了遗珠之憾。更重要的是，在先锋文学受到的诘难日益增多之时，这一话题牵涉到的就不仅仅关系到作家和编辑个人的得失或某一家刊物的兴衰，而是关系到如何进行文学创作，如何对待文学创作，也就是如何提高作家和编辑人员的素质的问题。如果说要求每一个编辑同时是一个著名作家是苛求，把优秀的作家都调去杂志社当编辑也不切实际，那么，留给我们的路只有两条：要么继续碌碌无为下去，要么像以上那些期刊编辑一样注重职业道德，成为本领域的“行家”。我想大多数编辑会愿意选择后者，因为只有这样，才对得起纳税人的血汗，对得起自己的良心。

说穿了什么都不是

在文学界，“识货的编辑”不少，“识货且值得尊敬的编辑”却不多见。一些编辑，在业务上很有眼光、很优秀，但他们的人品却与能力成反比，他们的某些行为很难令人尊敬得起来。友人说，编辑也是人，自然也有弱点，只要他把工作做好就行啦。此论断我不敢苟同。虽说“编辑”作为动词而言是一项技能，但实施这个动作的是人，在这个基础上强调一下人品，应该是题中之义。比如那些以手中的发稿权做交易甚至玩弄异性作者的编辑，就如禽兽般令人不齿。去年有朋友向我介绍某个禽兽的劣行，我又把此事告诉一个朋友。朋友说：此等脏货，日后有机会见到，必定揍之。我又把此事告诉另一朋友，令我惊讶的是，那个朋友竟然哈哈大笑，不以为然。也许在他生活的大城市，观念已经开放到常人难以企及的程度了。我从此不再与此人发生任何往来——我坚信，一个人所交的朋友的品位，可以反映出这个人的品位；一个人对“肮脏事物”的容忍态度，可以反映出他心中“干净品质”的储存量。

这就说到编辑与作者之间的关系。前面所述，自然是少数害群之马的极端行为，他们之所以屡屡得手，是因为他认为作者是来求他发稿的，作者自己也缺乏自信，想通过“发表”这一途径获得其他利益，从而认同“编辑发表我的稿件是给我面子”这个说法。于是本来正常的文友关系开始变异，甚至编辑的某些非分要求，作者经过掂量之后，即使心里不见得乐意，也做出了比较适合于自己处境的反应。平心而论，这是人的生存本能和利益权衡决定的，只要双方你情我愿，旁人似乎也不必过多苛责。但必须认识到，某些编辑，特别是某些小有影响的刊物编辑总以为发表作者的稿子是对作者的恩典，认为他在作者面前有一种天然的优势，甚至认为作者见了他就应该毕恭毕敬。其实这样的编辑，无非是屁股占了一个好位置而已，感受到某种荣光多了，就渐渐地把自己当回事了。这些狂妄的浅薄人士不知道，刊物不是政府养活的，而是作者以及普通纳税人养活的。没有好的作者，谁去读你的刊物？没有纳税人的税钱，你所在的刊物能够维持几期？

编辑和作者在人格上是平等的，没有高下之分——多么陈旧的观点啊——作者应该庆幸遇到一个好编辑，反过来，好作品也能提升编辑的地位和刊物的质量。这是一种相互成就、相辅相成的关系。某些作者，总以为贿赂一下编辑，就能发稿，其实这一招只对低层次的编辑起效果，真正优秀的编辑，即使是好友的稿子，也非常讲究质量的。毕竟刊物是他的饭碗，他不可能为了友情把饭碗砸掉，何况这是建立在利益交换的基础上的友情。同样，人格独立的作者，他在向熟悉的编辑投稿时，甚至比向陌生的编辑投稿更为谨慎，因为他知道，要是自己的作品质量不够，就等于是在故意为难朋友。所以，没有任何资质平平的人能够依靠贿赂而成为优秀作家。优秀作家的地位，是依靠实力一个字一个字地码出来的。

“认识编辑就可以优先发表”这个说法成立吗？成立，但是有个前提条件——在作品质量比较接近的情况下，这个时候，编辑一般会优先发表熟识者的稿子。这是人之常情。但即使是这样也有例外。作为一个小报编辑，我认识一个外地作者。作品质量属于可发可不发之间，但我多年以来一直尽量避免与他交流，也很少发表他的作品。因为每一次他发来自己的稿件，都会暗示或者明示：我刚从法国回来，给你带了点礼物，改天寄给你；我们这里开了家饭店，有两个菜不错，你下次来我一定请你吃饭……每一次看到这些，我全身都会起鸡皮疙瘩。如果真是好朋友，你偶尔请我吃一两次饭或者我请你都未尝不可，但你不要一边给我递上稿子一边许诺好吗？你以为我是一个除了吃喝就不顾其他的“乞丐”，或者以为我的时间多到必须和一个不算太熟识的人去浪费？当然，我也知道有一些喜欢占小便宜的编辑，发表了别人的一篇文章，就想办法从别人那里取得一点回报；也知道有那样的作者，每一次贿赂，都能得到“回报”。不过他找我算是找错人了。因此多年以来，我一直在等待他改掉这个毛病，如果哪一天他不许诺了，我也可能会以比较正常的眼光看待他的作品。

当然，由于文学创作是一门特殊的手艺，作品的发表涉及到精神层面以及社会影响的问题，“编辑和作者的关系”有时候并没有想象中的那么简单。虽说编辑与作者在人格上平等，但在某些情境下却很难体现出来，一个高水准的刊物，似乎天然地拥有对低水平的投稿不屑一顾的权利；一个全国知名的作家，也可以对向他约稿的刊物挑三拣四。正所谓“店大欺客，客大欺店”。这不仅是“品质”两个字可以解释的，还牵涉到期刊的地位、作品质量、双方身份的对等程度等因素。

也许有人会问：你这样写，如果有编辑对号入座，岂不是对你以后发表文章不利？我想这人多虑了，且不说正直的编辑肯定会与我有同感，如若真有哪位觉得不舒服，以后不发表我的文章就行了。我珍惜朋友，也从不怕得罪小人。

也许有人还会问：你时常在外面发表作品，你对编辑是什么态度？我说：作为一个普通作者，我对人品干净的编辑会十分尊敬，对自己不了解的编辑也会保持友好，但无论对哪一种编辑，我都不会曲意奉承。我同时也是一个20多年编龄的老编辑，也从不期望我的作者对我点头哈腰。

又有朋友开玩笑：有权力发表别人的作品，又有人愿意发表你的作品，什么好处你都捞到了，有没有和人搞过“交换”啊？我哈哈一笑：你以为别人都像你想象的那样“下作”，连良心都可以交换？

的确，像我这种身为小报编辑又写点不入流的小东西的作家，以及那些自以为掌握作品生杀大权而随意摆谱的“名编”，都要对自己有清醒的认识——表面看起来很光鲜，说穿了，什么都不是。

当了教授又如何

许多大学生和科研人员都有这样的经历：将自己写的论文投寄给某些理论刊物，不久后，就会收到用稿通知单或接到电话，说是稿子已通过审读，缴纳一定的费用后即可刊登。对于所收费用的多少，不同的期刊有不同的规定，一篇四五千字的论文，版面费多则几千元，少则几百元。而不管是几百元还是几千元，不付出这笔费用，要刊登作品简直是妄想。

学术刊物和论文集的编者向作者要钱，在高校和学术界早已不算新闻，面对那些写着“审稿费”或“出版费”“版面费”“购书费”的通知单，人们已经能够做到见怪不怪。

按国家版权局发布的《出版文字作品报酬规定》，出版单位对已经采用的稿件，不应该向作者索取版面费，而且要及时支付稿酬。怎么现在反倒要倒贴，而且有那么多人愿意倒贴呢？最直接的理由是，发表的论文数量关系到专家教授的“面子”。在科研单位或高校里，一个学者（如博士生导师、学科带头人之类）冠冕堂皇的头衔和在社会上受人尊重的程度除了取决于其人品，学术成果的多寡是一个必不可少的因素。对于属于高收入阶层的大学教授而言，花点钱是小事，关键是要在学生面前保住“权威”。更为“实际”的情况是，论文所发的刊物和发表数量直接关系到学者的职称评定、年终奖的分配、科研项目的级别等方面。比如某高校就规定：教师每年至少要在核心刊物发表3篇以上论文，如果连续3年科研考核不及格，停发基本津贴；论文数量可以折算为授课时数，多发表的可以少上课；在核心刊物发表论文，年底可获一定的经济奖励并在评选优秀教师时有优先权。因此，面对杂志社寄来的催款通知，许多人不仅毫不愤怒，反而高兴万分。在他们看来，一篇论文通过什么方式发表和是否收费不是关键，只要“核心期刊”愿意发表，就不会是“倒贴钱”，还能靠这个“反赚”一大笔。有人一语道破天机：论文收费发表，就像是周瑜打黄盖，编者和作者彼此心照不宣。

学者需要论文为自己贴金，学者所在的单位同样需要。一般而言，所属员工的论文在什么样的刊物发表以及发表的数量，直接体现了一个单位的科研实力。虽然明知自己的工作人员的论文质量值得怀疑，但为了在同行单位面前占有面子和获得实际利益，大多数单位的领导根本不在意这些，即使在意也因为学术界潜规则的存在而无能为力。既然“质”无法保证，在“量”就更应该多多益善了。一些高校就明确规定了博士生和硕士生在校期间需要发表的论文数目，达不到目标者就不予毕业。由于热衷于比拼“科研”水平，理论期刊自然是财源滚滚。虽不是大笔的“横财”，却是细水长流，无穷无尽。

如此一来，某些“不开窍”的学者无形中就受到了打击。著名学者周国平在自传《岁月与性情》中，就对自己不被所在的中国社会科学院聘为“博导”耿耿于怀。周国平说，他没有获得博导资格是因为有关单位认为他的“严格意义上的论文”数量发表得少，而他自己所认为属于学术著作的多部作品尽管风行全国，在别人看来却属于“不务正业”。在书中，周国平以3000余字的篇幅证明自己完全具备当博士生导师的能力，可是这又有什么用呢？单位的“学术规章”如大理石般冰冷。

像周国平这样已经具有重要影响的学者，论文发表得少尚遭“重创”，更别说普通人了。在利益的诱惑下，导师让学生廉价“打工”而自己一人独占成果的事情屡见不鲜。一个从北京某著名高校毕业的博士朋友说，他在北京的三年中，几乎没有多少时间属于自己，所有的精力都用于帮导师编书去了，现在书店里摆着的好几本书，虽然封面上署着导师的大名，实际上是他一手编成的。更有意思的是，一个现在已经成为副教授的朋友，在读硕士研究生一年级时就帮导师“编写”过一本《中国文学史》的大部分章节。导师在审读他“编写”的内容后，悄悄地提醒他：抄别人的没关系，不过最好把句式换一下，免得太容易被读者发觉。这本文学史在本校出版社出版后，至今仍然是该校中文系学生的必修教材。

关于发表论文需要交版面费这一“规定”是利是弊，因各人所处的地位和看问题角度不同而显得“五花八门”。最常见的理由是，当今学术期刊备受冷落，上级拨下的办刊经费越来越少，编辑部得自筹经费，因此，向作者象征性地收取费用以维持刊物的正常运转是不得已而为之。应该说这个理由比较值得同情和理解，毕竟在这个经济利益至上的时代，经营一份理论刊物需要太多的牺牲。可是，那些有才而没有财的作者怎么办？显然，因经济拮据而无法缴纳版面费者的学术热情将受到重重一击，从而动摇自己的学术理想，甚至有可能被逼上绝路。某高校就发生过这样的一起盗窃案：一名二年级硕士研究生因盗窃宿舍同学的800元生活费，被留校察看一年。经了解，该研究生学习成绩优秀，在校各方面表现良好，是什么驱使本该有大好前程的他做出如此愚蠢的举动呢？原来其所在学校规定，硕士研究生在申请学位论文答辩之前，必须在省级以上刊物公开发表两篇以上学术论文，否则无法获得学位。家庭贫困的研究生面对期刊编辑部催缴版面费的通知单，无奈之下，只好铤而走险。

依靠收取版面费维持生存的刊物，不仅难以杜绝发表过程中暗箱操作的成分，收费“规定”还有可能被滥用。有些刊物就打着“为了生存”的幌子，将版面作为生财之道。比如通过各种手段让主管部门同意其增加刊物页码，隔三差五地出增刊。为了获得更多的稿源（财源），有的期刊在各高校安排联系人，联系人每组织到一批收费论文稿，就可以从作者缴纳的费用中按照一定的比例提成。笔者曾在朋友家中看到一份材料，白纸黑字地标明论文发表的价格、方法，还列出一批刊物供选择。

这样的刊物到底能够发行多少份？除了作者之外，还有多少人阅读？我想，这个问题不会有编辑愿意回答。现在不是流行着这样一种说法吗？——文学期刊的发行量，就像女人的年龄一样，不宜追问。文学期刊尚且如此，更为冷门的理论刊物就更不用说了。据了解，有不少“核心期刊”的印数不超过一千本。这还是印数，实际发行数更低。

毫无疑问，中国不仅是人口大国，还是“论文大国”。可是，这难以计数的论文中，又有几篇值得一读呢？论文的收费发表，不仅影响刊物的质量，还将刺激学术造假活动，加速学术腐败。一些学术单位，最“著名”的往往不是有真才实学的人，而是懂得利用规则为自己“争光”的钻营者。这些人有了权力后，谋取私利就更为轻车熟路。比如用公费报销论文“版面费”，为自己与自己的“死党”出版“专著”，而把那些有实力但关系一般的同事排斥在外。这种做法，浪费了国家财富，换来的却是一堆“学术垃圾”，这样的庸才，当了教授又如何？

文学批评的堕落

文学批评的堕落，已不是一天两天的问题。近几年来，大量读者或尖锐或含蓄地表达过对批评界的不满，但情况不仅没见好转反而愈演愈烈。翻开任何一种文学报刊，都可以看到甜得发腻的“表扬稿”和尖刻低俗的“批判书”，以及不知所云的长篇大论。在一篇文章中，诗人徐敬亚这样描述今天的批评家：他们“如同盲人骑瞎马，陷入无物之阵，弄不清搏斗的对象，只能引来看客的一片讪笑”。

批评作为一种文体，自然是无辜的，有问题的是操持这种文体的人——批评家。因此，与其说是批评的堕落，还不如说是批评家的堕落。为什么中国的一些批评家竟然能够对人们的抗议之声充耳不闻，头也不回地堕落下去呢？最直接、最“现实”的原因是他们得到了“好处”。现在一些批评家拿“出场费”或“车马费”已经不是什么新鲜事了。一个朋友说，北京的批评家，只要他们愿意，时间安排得过来，每天都可以出席各种各样的作品讨论会。当然，他们的时间不会白白浪费的，大部分的会议主办者都会给他们付一定的费用。他们还时常在全国各地飞来飞去，参加这样那样的文学会议——实际上是去旅游——自然，路费、食宿、旅游都是主办者包干的。既然得到了人家的好处，自己哪里还会“不识抬举”地揭人家短处？于是，自费出版了几本不堪一读的诗集的大款，可以被命名为“当代徐志摩”；谬误百出的词典，可以被捧为前无古人的“里程碑辞书”……

除了利益的诱惑，感情是影响文学评论的又一重要因素。批评家也是人，也有三朋四友，七情六欲。朋友出了书请你帮“吹一下”，你自然不好拒绝。在这种情况下，有一点学术良心的批评家就尽量在文章中模棱两可，顾左右而言他。等而下之的，就在文章里专提优点不提缺点，反正友情要紧。而对于自己的文章是否会产生不良影响，误导读者，这些人是没有闲情去思考的。

在“伪批评家”眼里，文章就是商品，可以用作利益“交换”，或者是一架梯子，供自己往高处攀爬。

想巴结名家大腕，不妨先写个评论拉拉关系。有的批评家把几十年来写的文章集中起来一看，全是表扬稿。即使偶有批评，针对的也是对自己的工作、名声、地位、利益构不成影响的普通作者。这些批评家中的大多数，随时可以接受“定货单”，给出一定的价码，他就可以相应给你同等程度的吹捧文字。

与写“表扬稿”的相对应，文坛也充斥着不少“酷评家”。这些批评家心高气傲，什么都不在话下，什么都看不上眼，他们的文章自然是以“挑刺”为主。如果说“挑”得正确，说得有理，那么即使言辞激烈一些，也还可以接受。这种批评家平时是不会有耐心“啃”基本的理论书籍来提高鉴赏能力的，他们也很少读作品，即使读，也是泛读。似乎什么都懂，实际上只是限于“听说过”“知道”“了解”而不是理解。表面的激烈和“不妥协”，只不过是用来掩饰内心苍白的姿态而已。正是这些“半桶水”胆子最大。笔者曾经统计过，在诗歌批评家中，把诗人“钟鸣”写成“钟明”的，将“林莽”与“耿林莽”当作一人的，将“李轻松”与“李青松”混淆的，不是少数。在一次笔会上，一个批评家硬是把格非的长篇小说《欲望的旗帜》归入余华的名下而对余华进行“严厉训诫”，令在座者哭笑不得。

一般说来，批评家和作家之间，有两种截然相反但很微妙的关系。第一种是批评家不敢得罪名作家，却又时常在普通作家面前要大牌、摆架子。在他们眼里，名作家的作品是完美无缺的，即使偶有瑕疵，也是笔误。另一方面，也许是在名作家面前压抑得太久而希望取得平衡吧，他们在普通作家面前一派大家风度，指点江山激扬文字，动辄这不行那不妥，好像他们是真理的化身。如果他们的话有道理也未尝不可，但谁能指望这种批评家能做出令人信服的批评？有的时候，这种欺软怕硬的批评家想不闹笑话都难。有一年的中国当代文学年会期间，一个好不容易在《诗刊》上发表了几行文字的批评家大大咧咧地对他身旁的一个诗人说："拿你的诗来呀，我帮你推荐给《诗刊》！"第二天，不知这位批评家从何处得知那位诗人已经十余次地登上过《诗刊》的版面，在吃午饭的时候一改原先的飞扬跋扈，变得唯唯诺诺起来。

鉴于满地"表扬稿"的反常现象，一些精明的书商从中找到了商机。2000年左右，陕西师范大学出版社出版了《十作家批判书》，将当时10位最走红的作家狠狠地批了一通，使得此书在市面上着实火了一把。后来，又有人沿袭该书的模式，编了一本《十诗人批判书》，同样引起强烈反响。2004年夏天，北京理工大学出版社再次推出《十作家批判书》第二辑，中国戏剧出版社出版《十少年作家批判书》，中国工人出版社出版《与魔鬼下棋——五作家批判书》。北京一家知名的图书公司与时代文艺出版社合作推出了2003年文学批评精选集《阳光与玫瑰花的敌人》，与一般的文学批评选本不同的是，这个选本所收录的都是文坛引起争议的批评类文章。在笔者撰写这篇小文时，又在网上看到了《十美女作家批判书》的宣传广告和封面图案。

但即使如此，“批评”也还有其“潜规则”。多数批评家不敢“得罪”名作家，出版社也担心出版批评集引起麻烦，毕竟从更广阔的角度说，作家比批评家更能为出版社赚取利润，还是与作家搞好关系稳妥一些。所以编辑在审理批评稿件的时候，常会将一些激烈词句进行温和化处理甚至删除。笔者在对照阅读春风文艺出版社出版的《21世纪中国文学大系·2003年文学批评》和《与魔鬼下棋》《阳光与玫瑰花的敌人》均收录的同一篇文章时，就发现了其中一个很有趣的现象。这篇文章有一段文字是批评某些作家为了使其作品得到文学选刊的转载而对刊物编辑进行贿赂的，并指名道姓地指出某“著名作家”到《小说月报》“走后门”的情况。在《21世纪中国文学大系·2003年文学批评》《与魔鬼下棋》中，那一段文字还保留着，而在

《阳光与玫瑰花的敌人》中，这段话却莫名其妙地消失了。这也说明了一个问题——有的时候，并不是批评家不敢写，而是编辑不敢发表。

看来，在“表扬稿”和“大批判文字”盛行的今天，在出版方为了平衡“众怒”而屡搞“小动作”的今天，作为一个批评家，想不被读者责骂都难啊。

文坛圈地运动

在我的老家，流传着这样一种说法：把孩子的小名取得越贱，就越好养。于是，无数的“狗崽”“猫妹”“苦生”在大地上随风传送。至于这种传说因何而起，事实是否真的如此灵验，人们自然无从考证。但从科学的角度看，这种说法带有迷信色彩则是毋庸置疑的。无独有偶，近几年的中国文坛，也有人以“丑”为美，新群体、新流派的命名，一个比一个夺人眼目。从被讥讽为“妓女作家”的“美女作家”，到在网络上名震一时的“下半身”群体，再到“垃圾派”的横空出世，真是“各领风骚三五月”。有人把这种现象比喻为“圈地运动”，而且是毫无约束的“圈地”。似乎每一个人，只要他有时间，有胆量，就可以嘴里叼着香烟，手里拿着卷尺，趿着拖鞋来到野外向人们宣称自己拥有某一块土地的主权。

圈好了地，就得为这块地的合法性找理由了，否则别人也可以宣称这块地是属于自己的。他们在网络和传媒上频频发表各式各样的宣言和阐释性文字，以证明自己所言不虚，同时一次次地推出“成果展”，以证明自己这块土地的主权不容侵犯。可以说，“命名”的大量出现和相关争论，已经成为20世纪末至21世纪初几年里文坛最为引人注目的现象。潜藏多年而于1999年浮出水面的诗坛“知识分子写作”和“民间立场”之争是一大例证。这两个群体的论争被认为是自80年代朦胧诗以来最激烈的论争。至于新世纪以来对“下半身”“垃圾派”的“围剿”和这两个团体的“反围剿”，其激烈程度，也是文坛一景。

所有权落实之后，土地的主人就得考虑如何持续耕种下去了，他们或打底肥，或时常翻耕，或教给自己的后辈耕种之道。同样，文坛也有拉“小兄弟”和培养接班人的传统，一些团体的重要成员活跃于各个城市，或在网络上四处串门，公布本团体的宗旨，甚至规定：不在乎作品风格和质量，只要拥护本团体宗旨者都可以加入。在这些“领袖”看来，似乎文学流派不是以作品风格的相似来区分，而仅仅是意气的投合与利益的共享。于是乎，有的团体虽然在艺术上无任何可供炫耀之资，却能像“老鼠会”般在一两个月内拉得上百“同人”。当然，这种结合的牢固性值得怀疑，一般而言，不出三个月就会四分五裂。既然不是一家人了，也就怪不得彼此互不给颜面了，这样的好戏网络上演得尤为频繁。还有的团体负责人则深谙宣传之功效，传统媒体和网络媒体双管齐下，频频举行活动以增大影响，但内行者一看那鱼龙混杂的阵容，原有的好感也就所剩无几了。

所有权重要，种什么和收成如何同样重要，没有收成的土地充其量也只是一块荒地而已。命名告一段落，倡导者开始展示这一群体的成果。90年代末，北京一个书商就公然操作出版了一套“美女作家”丛书，将几个为流行杂志写稿的女作者命名为“真正的美女作家”，与卫慧棉棉争夺“美女作家”的“代表权”。2000和2001年，“下半身”群体的刊物《下半身》连续推出两辑，在诗坛上引起轩然大波；在70年代出生诗人操作的《70后诗人诗选》成功出版后，80年代出生作家编造出版了《80后“五虎将”作品选》《80后诗选》等，其中80后“五虎将”的作品集拉来著名作家马原作序以壮声威。2004年春天，《撒娇》第一辑在上海内部印刷；夏天，《撒娇》第二辑由中国文联出版社出版；同年秋天，《垃圾运动》出版，而《垃圾派文选》的成员们又开始了紧张的忙碌……

可是，即使命名已经被人们所习惯，就能够说明它们是科学的、不容指责的吗？答案自然是否定的。毕竟，“美女”“垃圾”“下半身”之类的字眼过多地着眼于对读者的挑拨，而使人忽略了他们的作品。在我的理解中，“下半身写作”倡导者的初衷是反感那些高蹈、虚幻的写作风气，而希望脚踏实地地创作。人们对“下半身”的误解也许是因为这个流派的许多作品具有“黄色”成分。实际上，“下半身”不仅是“性”，还应该包括脚力和耐力。一棵树只有根扎大地上才能枝叶茂盛，文学写作同样如此。因此，如果“下半身”作家们不那么有意识地过于在“性”方面铺张文字，受到的声讨将会大大减少。

“垃圾派”的出现，也与文坛某方面的积习有关，如果提倡者能够把握好度，这一群体同样能开创出一片天地。然而令人痛心的是，由于对文学写作的偏激认识及对成员不加甄别的吸纳，“垃圾派”在贡献出少量尚可一读的作品的同时，也“呕吐”出了大量垃圾。而且这个团体刚刚闹出一点声势，就马上发生内讧，主要成员分崩离析。这样的团体能走多远，实在无法令人乐观。

尽管作家们迫切希望命名成立，但作为“评委”

的时间却并不在意这个。无论哪一种命名，即便成立了，最终展现的仍然是个人的风采。那些需要借助集体的力量才能被人想起，而没有出色的作品做倚仗的名字，一旦“集体”分裂，他们也就随之销声匿迹。写到这里，我脑海里浮现出了一个曾经风行全国的命名——河北三驾马车。几个资质一般的作家写了一些内容相近的小说，就被急功近利的评论家毫不费劲地套上了“笼头”。几年不到，“马车”散架，“驾车者”也面目模糊……

做诗人很有意思吗

从古到今四川都是诗歌大省，最近20年来更是如此，“非非”“莽汉”“整体主义”“大学生诗派”……都曾经名扬一时。一个四川诗人自豪地说，在上个世纪80年代的四川，几乎每一个县城都有几个在国内叫得响的诗人。我知道这话绝不夸张，即使在今天仍然如此。

在这样的环境下，“当一个诗人”就成了潮流。我曾听人谈起过这么一件事：一个钱多得不知如何花的“大款”突然产生了“当个诗人玩玩”的想法，于是卯足劲写了几十首错字连篇、读起来不知所云的“诗歌”，然后买香港书号出版了个人专集，想以此为“资本”申请加入省作协。省作协几位主要负责人读了他的“作品”后哑然失笑，理所当然地予以拒绝。省作协的一个副主席说：这样的劣作，就是出版了十部也不能批准!

当时我听了，一笑了之，心想让他加入作协也没什么，不就是想附庸风雅吗。而现在想起这件事，却再也笑不出来。虽说附庸风雅算不上什么坏事——附庸风雅总要比附庸污秽、附庸愚昧强吧——但当有人怀着“玩玩”的心理来“附庸”时，我们难道乐意为其铺平道路？再者，在这些别有居心者附庸风雅的过程中，文学处于什么样的位置，扮演了什么样的角色？毫无疑问，文学成了一种“玩具”，一种为人谋取虚名私利从而丧失了它的品格的“玩具”。

这使我想起作家丰子恺说过的一句话：圆满的人格是一座鼎，真善美是鼎的三足。其实我们也可以说：圆满的文品是一座鼎，真善美是鼎的三足。只有那些胸怀坦荡、正直善良的作家才能创作出具有新意和深意的作品；而那些一开始就抱着“玩玩”的态度、打着如意算盘、思忖着“文学能给我带来什么好处”的作家只能逞一时之勇，不能写出具有永恒生命力的佳作。反之，也只有那些用心写出来的、能浸润人类灵魂、引起人们对生活中的真善美的思考的作品，才能在岁月变迁、时光流逝之后而不变质。王朔有一句很著名的调侃：一不小心就弄出部《红楼梦》来。其实调侃永远是调侃，那些创作态度不端正、玩弄技巧、做文字游戏者“弄”出来的只能是他们自己的“黄粱梦”。就以王朔为例，这个有实力、有天分却喜好“玩的就是心跳”的作家，从《一半是火焰一半是海水》“玩”到《渴望》再“玩”到《编辑部的故事》《海马歌舞厅》，作品卖价越高，质量却“反其道而行之”，越“玩”越乏味，最后只能是“看上去很美”。我想，这就是文学给我们的警示：“玩”文学者，终将被文学“玩”！

基于种种令人痛心的状况，学者刘纳曾撰文表示过忧虑：“还有比写诗更容易的事吗？当词语的任意撞击、平庸生活的散漫写真以及恶作剧式的揶揄调侃都能以分行文字的形式占领‘诗’的领地，诗成为了写诗者手中可以随意拆拼、随意捏造的玩具。于是，在中国诗的其他功能都在减退的80年代中期，诗的游戏功能被利用到了极致，‘诗’与‘玩’紧紧地粘连到了一起。”（《西川诗存在的意义》）说的是上个世纪80年代，事实上，新世纪以来，某些诗人“玩”的热情比之80年代有过之而无不及。许多人不仅玩文学，还“玩”任何与文学搭得上边的东西——假冒名作家四处骗吃骗喝骗钱财甚至骗姑娘的感情，这是“玩”人们对作家的好感；写一首名为《姐姐》的诗：“五岁时，我对她熟视无睹……而今天，我只爱她的胸脯……”也是玩，目的是哗众取宠；一年内抄袭别人的109篇论文，并把《光明日报》上的文章贴上自己的大名复印后充当自己学术成果，这仍是“玩”，“玩”侥幸，为了评上教授职称……

最后，说一件刚刚发生的与本文开头相映成趣的事情：某省（恕不列出省名）一个只创作发表过寥寥数十行文字的诗歌作者，抱着“玩玩”的心理向一个名头带有“国际”的文学机构递交了入会申请书，没料到几天后便收到了“会员登记表”和一份通知，上面写着“请在寄出表格的同时汇出两千元会费”云云。

看来，在经济大潮的涛声里，神圣的“文学大本营”玩法越来越多了。

写小说玩玩

1998年，是我心理状况最为动荡不安的一年，我突然产生许多不平，最主要的原因是，自己写了近十年诗歌，似乎没有预期的响动。对于一个写作者来说，没有什么比自己的作品遭受冷落更让人失望的了。我思前想后，试图效仿海男韩东李大卫们，不当诗人当作家了——是不是有点滑稽？要知道在此之前我已拥有两个不同级别的作家协会的红皮会员证哪。可是那几年我得到的信息就是这样：诗人是诗人，作家是小说家，“诗人”不属于“作家”行列。因此我一度怀疑诗人加入作家协会是不是走错门了。

尽管现在看来，当年的“转行”功利而且可笑，但当时作出这样的选择却有充分的理由。中国并不缺乏优秀的诗歌人才，特别是90年代以来，青年诗人发表的诗歌作品无论数量质量还是艺术观念都是80年代诗人无法比拟的。但是，中国没有几个省份和部门重视过诗人，人们司空见惯的是一次次针对小说作家和影视编剧的培训、签约、表彰活动。有的省份还把范围扩大到写歌词的。政府部门冷落诗歌亲近小说、剧本理由很简单：诗歌不受市场欢迎，写得好也没“用处”；退一步说，连很多评论家都读不懂诗歌，你如何证明你的优秀？而小说不一样，小说读者多，被转载和改编成电影电视就是最大的说服力。最近就读到这样的谬论——美国华裔小说家哈金公然声称：写不出伟大的小说中国文学就没指望。这话听起来相当刺耳，文学的最高成就只能以小说为代表吗？我真不知道在《红楼梦》出现之前中国文学是否有“指望”，唐诗宋词盛行时的中国文学是否算是“有指望”。然而遗憾的是，这种具有强烈的文体歧视和功利目的的论断不仅被当政者接受和提倡，还误导了大量作者，从而形成了席卷全国的小说风潮。可是，每年上千部的长篇小说和难以计数的中短篇小说，究竟有几篇能真正打动人心的呢？

无论如何，穷怕了的诗人刘春要改行写小说了。

得知我的改行意向，搞小说的朋友要来扶贫了，很够意思把我列为“自己人”；年纪大一点的作家不知有多少次语重心长地举例：××、××出道时底子比你差得远，你看现在他们多牛逼。想想也是，要知道这些“名家”给我编的小报写稿还得频频劳神替他们改错别字的啊！一个在北方某大学中文系搞现当代文学研究的老教授也趁南下度假之机跑来鼓励。这个“把鲁迅存进银行吃利息”（见李亚伟的诗歌《中文系》）的老人在一张纸上写满了密密麻麻的人名，然后很深沉很不容置疑地说：你看看，这里面有哪个不是从诗歌转向小说并获得成功的？你同样可以试试嘛。我没看。不用看我也知道上面写的是哪些人。

虽然没看，但如此别致的激励方式让本来就蠢蠢欲动的心更是急剧膨胀。阿Q说：和尚摸得我摸不得？我开始写小说了。效率不错，仅花一个月就编了三个万余字。誊抄好稿子，心里产生一种快要晕倒的感觉，虚荣心也前所未有地膨胀，见一个文学朋友就拿稿子出来吹嘘，也不管对方有没有时间感不感兴趣；一有与别人交谈的机会就把话题往文学上扯，管他是不是文学爱好者。好戏还在后头。酒肉朋友罗十八读了其中一个叫《有病》的短篇，竟在凌晨两点从八百里外打来长途电话，死命地煽风点火了一番，说什么“这个小说千万不能给小刊物，一定要给《花城》《钟山》《作家》《大家》”，“再弄几个《有病》出来广西三剑客不靠边站也不行”，煽得我心旌摇曳。那段时间，我说话变得大大咧咧，走起路来大摇大摆，仿佛余华格非苏童北村指日可追，何顿述平毕飞宇已不在话下，至于……（此处省略若干字）就更不消说了。

我找了一家文印部把几个小说工工整整地打印下来，按照罗十八的建议——其实是自己的愿望——恭恭敬敬地贴上邮票，小心翼翼地将它们塞进邮筒，让他们飞向罗十八所列举的那几个神圣的地方。

最初的几天甚至几个月，我充满自信地等待，等待自己像许多传奇人物那样一举成名，我甚至列举好了设宴庆祝时要请的客人名单。然而，随着时间的推移，我的信心渐渐减弱。我不得不调整战略，把目标对准《小说界》《东海》《芙蓉》这些第二梯队刊物。几个月的杳无音信把我再次抛入失望的深渊……

有几个晚上我红着脸问自己：你是为内心写作还是为名利写作？政府认为你成名你就是名人了？写诗的难道永远不如写小说的？我不敢正视这些问题，生怕触摸到自己灵魂中最虚伪的部分。但是有些问题我固执己见：想靠写小说出名，没关系的不如有关系的；仅在语言上大胆的不如生活放纵的；同是70年代出生，男的不如女的。

折腾了大半年，这几个小说还是发表了，但我对此已没有半分兴奋，它们在读者之中也没有激起半点波澜（我怀疑根本就没几人读到它们）。我“浪子回头”，重操旧业，仍然沉醉于诗歌，仍然碌碌无名。但我已经不那么浮躁、轻狂。现在，我仍然不时产生写小说的想法，但目的已经不同——我只想玩玩。

是的，就是玩玩。

给他一个网址

对于出版过作品集的作家来说，在还散发着油墨香的“大著”扉页写上“某某先生雅正”之类的文字，然后将其赠给朋友，是很寻常的事。此举至少有两个意义，一是将自己出书的信息告诉朋友，让朋友一同分享这份快乐，通过文字联络感情，雅致而不落俗套；其次，向有识之士（如评论家、文坛前辈）赠书，以期引起关注，对自己的创作也不无益处。然而，给人送书也不全是皆大欢喜，有时会发生令人啼笑皆非的事儿。

几年前，朋友赞助我出了一本薄薄的诗集，印数五百册。因朋友本身不是诗人，他提供赞助完全是因为看我写得辛苦却没有什么“成果”，所以书出版后，他只象征性地拿了几本，余下的几百册全部由我处理。

除了市里几所学校和书摊要走了二百余册，余下的一半便有选择地赠给了诗坛名家及朋友，结果索者赠者皆大欢喜，过后还有几位诗友主动写了评论文章发表于报刊上。但出第二部集子时，情况就改变了，当一些距离或远或近、关系或密或疏的文友从报上读到该书的预告性文字而来信来电表示祝贺，并声称一定要“拜读”时，我嘴上连连感谢，心里却在打鼓。因为这次是做图书的朋友照顾，能出书已是侥幸，是不会有多少样书的。

为免届时尴尬，书出版后我特地以7折的价钱购买了30册。然而问题还是出现了，一个月之后，数十册书已送罄，有好几个曾表示要“拜读”的朋友却无法得到。在很长一段时间里，我和他们相遇时，都会明显地感觉到互相之间尴尬的目光。

我曾经想过亡羊补牢，不就是几元钱一本的书吗？再掏钱买几本回来不就行了？但转念一想，出书时不送，待到其他人都获赠一两个月后再给人家送上，即使自己心里不别扭，人家心里也不会舒服吧？好像你的书是什么宝贝我非要不可似的！与其送了也是尴尬，还不如不送。于是将这一念头打消。

另一尴尬来自非文学爱好者却又不得不送的人。当你在书上写下“请某某雅正”时，尽管你那些作品在知名刊物上发表过，获得过这样那样的奖，但你仍然要对它们在这一类“读者”中的反响持足够的心理准备，因为这些身居高位与文学毫不相干的“权威”真会进行“雅正”的：“花朵怎么会说话呢？人怎么会变成甲虫呢？缺乏基本常识嘛！”另一些“评论”要苦口婆心得多：“你这些作品写的大多是个人的离情别绪和自然界的花花草草，与生活相隔太远，可以在文章的结尾作些反思，或联系实际歌颂火热的社会生活嘛……”类似的场面我曾经历过，1999年春节，我给一位认识多年但老爱自以为是的通俗小说家送书。这位辈分颇高的作家说完“谢谢”之后，马上教育我：诗集没人读的，最好是写琼瑶那样的言情小说！当时血气方刚的我马上顶了一句：“我的诗也是挑选读者的，不是谁都能读懂的!”话一出口，两人都尴尬得要命。以后每次见面，大家都小心翼翼，绝口不提文学。

当然，不能把一切都归咎于读者，送书的尴尬有时缘于作品质量的低劣。贾平凹写过一篇文章，说的是作家几次三番地在垃圾堆里发现自己赠送给某人的著作，于是几次三番地拾起来，题上“再请某某同志指正”的话，然后将该书寄给那人。这是一个过于幽默的笑话，在现实生活中大概不会发生。而有意味的是，你的书被扔进垃圾桶和甩在杂物房的一角又有什么区别呢？这里面除有别人不识货的可能，作者实在也该反思一下是不是著作本身平庸的原因。其实把话说白了，要避免送书遇到的尴尬，最好的方法就是静下心来写出真正具有艺术品位的力作，到时洛阳纸贵了，他买都来不及，还有耐心等你送，有胆子大大咧咧地“指点”你？

其实，严格地说，我上面这些都是废话。在这二者之间，还存在着一种更为“时尚”的解决方法——作品出版后，把部分内容挂到网络上，要是哪位朋友找到你，说想讨一本回家“拜读”，你不妨当场掏出纸笔，给他一个网址。

如山倒，如抽丝

如果从买第一本书算起，我大约已经买了30年书了。买书的过程，就像去闯世界的过程，其中的得失是自己慢慢体会到的。我买书也经历过从盲目莽撞到精挑细选的过程，以前买书，只要内容合适或者作者有名甚至仅仅是装帧比较漂亮就赶紧掏钱，生怕钱掏得慢了那书就会长翅膀飞走。直到多年以后，家里的书多得一个房间的几面墙壁也摆不下时才醒悟过来，于是一下子就成熟了，开始有了闲心和耐心去挑选，去比较，去琢磨。

现在我仍然每天至少读书一个小时，每周逛两三次书店，但已不轻易掏腰包。把一句俗话反过来说，是“读书如山倒，买书如抽丝”。不是没钱，也不是家里没地方，而是要求高了。从正常角度而言，一本书想摆上我的书架，至少得同时满足以下三个条件。那就是：自己喜欢的内容；作者（译者）或编者有号召力；开本、装帧、纸张好，定价不是贵得太离谱。当然朋友赠送的书不受此规则限制。

在装帧设计和排版技术获得长足发展的今天，如果一本书只是内容不错，那么这样的书可买可不买。图书的作用已不仅仅是阅读，它同时也应该是一种可供观赏的艺术品。也就是说，有好的内容，还需要美观的外表。现在一些不法书商炮制的盗版书，都是古今名篇，但装帧粗陋、印刷质量极差，这样的书我敬而远之。

一本书内容好，作者也有号召力，但装帧设计粗陋，仍可买可不买。如果把买书比喻成恋爱，这种书好比一个好心的媒人向你介绍一个心地善良但长相奇丑的女人，除非迫不得已，相信大多数时候你是不会动心的。但是如果同时满足第三个条件，长得漂亮，那么你就赶紧下手吧，免得先被人抢了。

值得指出的是，有时候也会出现这样的情况：一本书满足后两个条件（名作者、装帧好），却正好缺乏第一个条件（内容不适合）。对于这样的书就见仁见智了。有些人买书不是为了阅读，而仅仅是为了装点门面，以显气派，这样的人是不会在乎书的内容如何的。

君不见市面上那些内页空白而封面极其奢华的“精装图书”颇受“风雅之士”的青睐？所以我一般不去暴发户家里“做客”，迫不得已到这种人家里时，我也绝不会做羡慕状地翻看他那一大墙的精装名著，否则要是翻开来发现里面竟然是白纸，这份尴尬彼此都承受不了。娶媳妇也这样，一个女人有财有貌有良好的家庭背景，就是肚子里没墨水，这样的女人你娶不娶，就得好好掂量一下了。至于时下常见的那种徒有其表“出口成脏”的妙龄女郎，我想稍有见识者都会绕道而行。

除了上面三点，我在买书时还比较在意出版社的名字。因为同样的内容，由不同的出版社出版，其结果可能会有天壤之别。一本未知内容的图书，即使仅仅报上名称，就可能会令读者动心。比如曾经的商务印书馆、三联书店，近期的上海译文、广西师大出版社。因为这些出版社经过多年的经营，其整体形象已成为一种绝大的号召力。以这些条件来衡量目前的出版行业，你就会发现，值得你心甘情愿掏腰包的图书简直是凤毛麟角，纵然你想“买书如山倒”，最终也会“抽丝”了。这也不难理解，国色天香的女人本来就十分罕见。

购书如恋爱，急不得，粗心不得。那些可有可无的感情最好不要发展，免得以后追悔；而一旦看准了就要全力以赴，全身心投入。西人云：每个男人都有三妻四妾的梦想。在当前的法律制度之下，这个梦想当然永远不可能实现，那么，我们不妨通过购书来完成内心这一隐秘的“愿望”。但是，让人有些茫然的是：当网络涵盖的领域越来越宽，到书店买书会不会成为一种很不合时宜的举动？因为到了那个时候，你想读什么书，只要用鼠标一点，所需要的内容就在电脑屏幕上显示出来，你还舍得花时间去书店盘旋半日吗？这真是一个逼着你“速配”的年代。

寻找相似的灵魂

我所在的城市有一家独立书店曾经让文艺青年们欣喜若狂。由于该店距我上班的地方步行仅需要十余分钟，前几年，我几乎每隔两天就要去一次。除了买书，还时常在朋友圈子里为店家义务宣传。但最近两年我去得相对少了，也很少在网络上提起这家书店了。朋友编《独立书店》系列图书，问我能不能写一篇，我说，这家书店的确不错，但我暂时还没有动笔的冲动。

不独我如此，不少朋友也如此。他们发现，随着时间的推移，这个书店对自己的吸引力在逐渐减小。倒不是因为买书的主战场转移了，虽然网店更便宜，但对于我这种看到好东西就想马上带回家的读者来说，为了少几元钱而等待几天，无疑是一个巨大的折磨；也不是图书的品质不如以往了，该店提供的图书非常优秀，体现出了相当专业的人文眼光。店内环境也一如既往的幽静。为什么周围的朋友渐渐就去得少了呢？反复思考之后，我找出了至少对于我而言相当重要的原因——这个书店除了卖书，没有通过更多样的形式团结本地读书人。读书人内心都是孤单的，但他们无法通过这个绝佳的媒介获得相互温暖的机会。

从2015年初开始，又一家书店被本城文艺青年们津津乐道。每到周末，QQ群和微信群都会有人邀约："明天下午去不去××书店听陈子善老师讲座？""明天晚上去不去××书店看话剧？""后天去不去××书店做手工？"……这个书店，从它开业的那一天起，就以其出色的硬件和软件奠定了"广西最好的独立书店"的地位——上下两层，大量人文、文学、社科类图书；所有图书与当当网同一价格；每一本图书都没有塑料薄膜密封，随时可以打开；看书的时候可以喝咖啡；每周两场以上的文化活动……都显示出它的视野、它的活力、它的品位，它与本土其他书店的格格不入。但凡有外地朋友来，我无一例外地推荐他们到这里逛逛。在我看来，它是这座"历史文化名城"风范的一个小小缩影，也是一个不可多得的窗口和名片。它倡导高品位的阅读，传播优秀文化，但并不高高在上。可以说，它体现出一个具有社会责任感的文化企业所应该具备的担当精神，它甚至主动承担了原本属于文化部门和新闻媒体的职责——每月底在微信公众号上提供一份“下月本城重要文化活动预报”。

两个书店，各有所长，前者安静而精致，后者开放而大气。虽然我每月仍去前一个书店逛两次并购得好书，但在那里我总有一种孤单的感觉。而后者更具有亲和力，更有文化责任感和担当意识，更具有现代社会所亟需的互动特质。我一直认为，一个书店如果只卖书而不做活动，其凝聚力是要打折扣的，很有可能还难以留住爱书的员工和铁杆顾客。因为有的年轻人去加入一家书店，主要不是为了薪水，而是喜欢一种文化氛围。读者也如此，他时常去某个书店不是因为只有这里才能买到某本书，而是想来这里寻觅和自己相似的灵魂，想找到内心的“组织”。只有具有“想方设法为读者牵线搭桥”的意识的书店才能散发出长久的吸引力，才能让人把它当作“家”的一部分，如同外地有的书店业绩不佳濒临倒闭，老员工宁愿几个月不领工资也愿意共渡难关，读者在下班后自愿来店里做义工……

一座城市不能没有书店。高品位的书店，可以提升一座城市的文化形象。当一个书店的形象为这座城市的文化人所景仰，那么，它一定会有灿烂的明天。诚然，由于网络书店的冲击，实体书店的经营日渐艰难。但我想，最先被冲击倒下的肯定是那些在经营意识上不够灵动、与本土读者缺乏交流的书店。未来的实体书店，图书经营可能只是它的事业的一部分，当一家文化机构具有了超越于本行业之上的声望，它可以利用这种声望来在其他领域获得回报，然后反哺图书。关于这一点，我们拭目以待。

读书屑

过去和现在的知识分子

近几日断断续续地阅读《天火》《中国大学学术讲演录》《精神历程》等书。这些书的作者和内容，有一个共同之处，那就是和知识分子有关。

《天火》是周实主政时期的《书屋》杂志精选，岳麓书社2000年2月出版。前些年买回来时读了几天，就置于一隅，没有再读。我这人有些喜新厌旧，今天买了新书就让昨天买的“退役”，很多书一旦“退役”，就要好几年之后才会重新“召回”。《天火》分两册出版，这次读的是下册。王元化的《一九九三年日记》是这次阅读的意外收获。据说王元化与李慎之有“南王北李”之称，而我以前比较喜欢李慎之，李与王不和则是学界公开的秘密；再加上我喜欢朱学勤，而王与朱也决裂了，这两个因素致使我多年以来一直不读王的文章。这一次读王元化的文章，仅仅是因为该文为日记体，每篇都很短，容易入手；而且一般而言，读别人的日记有一种“偷窥”的乐趣。令我意想不到的是，读完文章后，竟然对王产生了好感。王元化先生的文笔洗练而精到，功夫似在朱学勤之上，日记中一些写景抒情的段落，十分经典；那些谈人论事的内容，也是一针见血。他在阅读香港某著名刊物上的一篇经济类重头文章之后，得出了两个结论。其中一个是：“大陆许多作家学人虽不懂经济，却以为只凭常识即可高谈阔论，逞臆乱说。”我以为这一批评是十分正确的，类似的“作家学人”，中国实在太多。一些名家或半名家，日益滥用自己的名声，频频对自己不了解或没有深入研究的领域发言，殊不知这种行为一来会影响受众，自己也会沦为行家的笑柄，所谓的“贻笑大方”是也。这个时候如果这个学者说自己“卑之无甚高论”，我们也没必要把它当作一种谦虚了，因为事实本就如此。

同一书里，智效民所作的《漫话张奚若》也颇有意思。这个张奚若性格既直且犟。抗战时期，张被遴选为国民参政会参政员。在一次会议上，张尖锐地批评了国民党的腐败和蒋介石的独裁。蒋面上无光，插话说：“欢迎提意见，但不要太刻薄！”张奚若闻言，便拂袖而去。下次再开会，他接到会议通知和往返路费后，当即回一电报“无政可议路费退回”，从此再没有出席国民参政会。1956年，张奚若批评对中国共产党里的个人崇拜，说：“喊万岁，这是人类文明的堕落。”1957年5月，中共要求党外人士帮助整风，毛泽东向他征询意见，他对中共给予十六字评价：“好大喜功，急功近利，鄙视既往，迷信将来”；在两个月后的一次座谈会上，他不仅“不识时务”地对上述十六个字逐句进行解释，还告诫说：“虚心一点，事情还是能办好的。”这样的言行即使放在今天，也是需要极大的勇气的，更何况那是1957年7月，反右运动全面展开之时。好在当时张奚若声誉甚隆，竟未受到批判，换了别人，也许就是这十六个“大逆不道”的汉字也足以让他们付出22年的代价了。

每每读到类似的往事，我都会感慨万分，当下的知识分子哪怕有张奚若一半的骨气，也算是对得起“人民的良心”几个字了。可是我们除了看到人格的集体溃败，争先恐后地追名逐利，相互讥讽，落井下石，还能看到多少当年前辈们的那种高风亮节？自然，把所有问题归咎于知识分子本身是不公平的，别的不需多说，只需想一想我们今天的言论环境和五六十年前相比究竟有多大的进步，就可窥得一斑了。

当然，时下的国内知识分子，能令人尊敬的虽然不多，但品质高者也并非没有，当代中国出版社近期出版的《精神历程》一书集中了其中的一部分。书中辑录了李银河、徐友渔、葛剑雄、崔卫平等36位学人的自述性文章，从中可看到他们坎坷人生以及对生活的思考。开篇徐友渔先生的《30年中的若干记忆片段》，是本书最深刻的篇目之一，让我了解了一些历史现象以及学者成长过程中的某些重要片段，而这些片段是个人的，却无时不与时代相关，于是，个人与时代就这样紧密地联系在一起，血肉难分。里面的一些段落写得非常精彩——

> 记得是在9月9日下午，我和妻子正走在大街上，要去看一场电影（大概是关于“广交会”的纪录片，那时完全不上映故事片），突然，街头喇叭传出中央关于毛泽东逝世的“告全党全军全国各族人民书”，电影院贴出停映通告，我们立即返家。一路上，看到每个人都是满脸茫然的表情。我的第一反应也是极度茫然。十年来，毛已经被塑造为神，每个人每天都要重复若干遍“万岁”和“万寿无疆”，习惯成自然，这时听到的消息，好像是发生了一件违反自然规律的事。

读到上面这段文字的最后一句，我忍不住笑出声来，想不到大学者也有文学家般的细腻与幽默。这是写1976年。在这篇文章里另有一段写的是上世纪80年代思想解禁时期的逸事，非常有趣——

> 我的一个师弟辈分的年轻学者在讲台上耍狂，他从包中拿出一本外文书在大家眼前晃一晃，大声喝问："这本书你们念过没有？"然后再拿出一本，再问，几次都是"没有念过"，他于是得意地说："那好，你们正该听我讲。"事后，我告诉他，这样做是不妥当的："你知不知道，坐在下面的，有懂6门外语的教授？"

《精神历程》一书的副标题是"36位中国当代学人自述"，顾名思义，是各位学者写出自己思想或人生的轨迹与变化，但有一些学者并未照章出牌，只以一篇随笔交差了事。相比之下，诗人沈睿的《走向女权主义》是最符合要求的。文章详细地表达了她从一个"不问世事"的女青年成为一个女权主义研究者的思想转变过程，透露了很多精彩而不为常人知的故事。比如她与其前夫、著名诗人W婚前和婚后的一些状况，与当年高呼"你不来与我同居"的女诗人伊蕾的感人交往，与有“中国叶赛宁”之称的一个著名诗人（此人是谁我猜不出来）的酒桌交锋然后不欢而散的故事，颇见性情，有小说般的可读性。不过读此文时，总觉得有些地方文字用力大了一些，比如多处写到其前夫W的“劣迹”，特别是把读大学时就欺骗了她的感情等“内幕”写出来，似乎不大“厚道”。俗话说：君子绝交，不出恶语。既然已离了婚，何必拿当年来说事？当然，历数W的种种“劣迹”也许是因为沈女士在离婚前受到太多不公而一提笔就无法控制自己的情绪？但我还是认为这样明显属于隐私的内容是不宜出现在一个豁达而大度的知识分子笔下的。下面这一段似乎也有些“用力过度”——

> 1998年，我在国内，几个所谓诗人名流正在吃饭，就顺便把我邀过去了。席间酒水杯盏之间，某位心怀莫名其妙的目的的人突然说：“沈睿现在是女权主义者了！”本来是热热闹闹的吃喝玩乐突然安静下来，席间有三四位女士，看得出来她们与这些名流都有特殊关系，也都以有距离的目光看着我，好像我突然成了阶级异己。那位据说是中国的叶赛宁的诗人突然站起来，大声宣告：“女权，什么女权！女人永远不可能有

权，因为她们永远得在下面。”他很得意，似乎说出了真理。这种赤裸裸的性暗示，在酒醉微醺之后，也许不是过于粗俗，但是何其太雅！我觉得悲哀，悲哀的是某些中国知识男性对女性理解的浅度，对他们自己理解的浅度，甚至对人类美好的性生活的理解的浅度！我忍不住说出了我一生最为公开的对性的观念。我平淡地说：“女人只能在下面吗？那你的性生活也太单调无聊了。”“中国的叶赛宁”或许从来没有听说过这样的话，激动地拍桌子大叫：“难道女人可以在上面吗？难道可以吗？”我说：“你没听说过台湾妇女的口号吗？‘不要性骚扰，要性高潮。’”我左右环看，那席间的女性都很鄙夷地看着我。台湾女性的立场是女性的性主动权。女性不仅仅是男性的欲望对象，女性是自己身体的主人。可是面对这些无法说通的人，我离开了，觉得实在说不下去了。

在我这样一个读者看来，双方也许仅仅是因为误会。那个“叶赛宁”应该是借着酒劲开玩笑，却不料沈女士当真了。接着，沈女士的话又令“叶赛宁”难以下台，两人只好硬拧下去了。事实上，如果这个世界上有什么群体最赞成或者最不关心别人搞什么“主义”，那这个群体肯定首先是诗人群体。诗人本来就是崇尚离经叛道、喜欢新事物的，他们何必与“女权主义”作对？沈睿文章中对同席的那几位女士的描写似乎也难令人相信，那几个女士有什么必要对“女权主义”几个字畏如虎狼，竟然一听说这四个字就马上要与人保持距离？也许人家只是突然觉得有些尴尬而不知所措呢。特别是字里行间的那种似有似无的暗示，总令人感到不是滋味。当然，这仅仅是从我作为一个读者的感觉进行推衍的想象而已，无论如何，我支持沈睿离开。

顺便提一句：上面提到的几篇文章网上都能够找到，有心的读者不妨找来读一读。

《中国大学学术讲演录》2002年卷是近来一直放在枕头边但又读得最少的书。该书由广西师范大学出版社出版，内容庞杂丰富，作者多为大家。我挑选了自己比较关注的文学和思想类文章阅读，重点关注的是格非的《〈白鲸〉的白色》和许纪霖的《自由主义民主与共和主义民主》，两文颇长，各有近2万字，都没读完。其中格非的文章是先读开头，然后读结尾，剩下的中间一小部分这两天里应该能读完。格非是我所喜欢的作家，现为清华大学文学院教授，这篇文章文笔朴素，娓娓而谈，内容也不高深艰涩，读后收益颇大。令我意外的是，除了《白鲸》的作者麦尔维尔，格非竟然还十分推崇《红字》的作者霍桑，认为霍桑直接启发了麦尔维尔。这两个作家的作品，我一本也没读过，也许以后我仍然不会去阅读。文学这东西有些奇怪，除了少数大师级杰作之外，有的时候，一个作家认为十分优秀的作品，对于另一个作家而言却不见得如此。

相比之下，许纪霖的那篇文章却极其难咽。读了两次都没读够三分之一。文章的副题是“对‘自由主义’与‘新左派’论战的反思”。按说这是我非常喜欢的话题，因为这是我2000年到2002年之间最关心的思想界问题，两派的论战给了我许多启发，并潜移默化地影响了我的诗歌观念。我读不下去首先是因为我觉得作者的文笔有些拗口，其次，一篇两万字的文章写了五千字仍然在表白自己写这篇文章的目的和理论基础，这样的写法对于我这个缺乏耐心的读者不大适合。当然，我的放弃阅读，后果只能由自己担负，好在我不搞思想研究，无缘领悟这些学者的高深学问和新鲜论点，因此失去的恐怕也不会太大。

在阅读这几本书的过程中，我常常得到一种额外的乐趣——书中的不少文章都谈论到相同的人和事，文章与文章之间无形中就进行了“相互印证和相互补充”。比如《天火》一书中智效民与《精神历程》一书中邵建的文章，两位作者都谈到了胡适和陈独秀当年提倡白话文的故事，都列举了胡适致陈独秀的信以及“火烧晨报馆”事件，然后激赏和呼唤宽容的文化氛围。作为一个出生在20世纪70年代的青年，在读了胡适写于80年前的信函，我仍然忍不住激动和向往。胡适认为，他们主张提倡白话文虽然遇到的阻力很大，但应该允许别人讨论以及提出反对意见，如果连这点胸襟都没有，只允许自己的自由，却容不下异见，这样的人不配争自由，不配谈自由。这一见解直到今天仍有十分重要的意义。

大火烤红“非虚构”

批评家梁鸿的长篇散文《梁庄》是《人民文学》2010年第9期的头条作品，也是该刊推出的《非虚构》栏目的首篇，这部作品占了整本《人民文学》篇幅的一小半，可见“国刊”对其的重视程度。几个月后，《梁庄》以及它的完整版《中国在梁庄》相继获得了2010年度的“《人民文学》奖”和一些媒体评选的“2010年十大好书奖”，成为跨年度中国文坛一大热点。因此，《人民文学》主编李敬泽在2010年10月上海举行的一个研讨会上，给出了一个颇具前瞻性的结论：梁鸿写了十年文学批评，影响力还不如一部“非虚构”。

我是农民出身，时常回老家，所以梁鸿笔下的“梁庄故事”于我并不陌生。甚至名字都有相同的，比如《梁庄》里面有两个人叫春梅和巧玉，我老家也有两个同样的名字。在阅读的过程中我常常产生幻觉，似乎读的不是梁鸿笔下的梁庄，而是我的老家歧路村。正因为这一份熟悉，对《梁庄》我只能给出一个比较取巧的评价：可以把《梁庄》当作一本“中国农民问题大全”，这些“问题”，实实在在地呈现了当前中国农村无处不在的悲哀、尴尬与小小的幸福；也许出生在城里的读者会对《梁庄》感到新奇，我则是感同身受、莫逆于心。

随后，又在《人民文学》《大家》等期刊读到了更多的“非虚构”作品。印象比较深刻的有作家慕容雪村卧底传销窝点23天的惊险记录《中国，少了一味药》，以及一个名叫“萧相风”的打工妹撰写的《词典：南方工业生活》。而同样被《人民文学》列为“非虚构”作品重点推荐的《飞机配件门市部》，却没有给我的内心以足够的踏实感，也许，刘亮程这样一个素来虚缈无边的作家，即使想“非虚构”，也一时无法控制长期以来形成习惯的“虚构”的欲望。

我注意到了这些作品的写法。从大处说，“非虚构”属于散文序列，但明显地具有报告文学、田野调查、新闻通讯的痕迹，有的作品还带有哲理随笔的思辨和小说的戏剧冲突成分，比如《梁庄》中写到的一个农村女人和两个丈夫的故事，简直就是一篇小说。作家通过对这几个部件的娴熟运用，力图给读者传递一个明晰的信息：我描述的内容全是真的，是我亲眼所见亲身经历。

然而，这种一方有权表述一方只能倾听的“知情权不对等”的状况，暗藏着“危险”——要保证内容的真实性，只能基于对作家品格的完全信赖，作为读者，无法考证作家是否曾经真实地经历过他笔下的一切，无法辨别文章中哪些情节是虚构，哪些是写实。比如，当我在前文所说的那个研讨会上很惊喜地肯定它的真实性，说“里面的春梅和巧玉和我老家的两个人的名字一样”时，一个与会者笑着告诉我：这是虚拟的，真正的梁庄没有这两个人。我疑惑了：既然名字可以虚构，那么内容呢？又比如，慕容雪村卧底传销老巢的故事写得比他的小说还惊险有味，谁能保证他在写作时没有添油加醋甚至无中生有？当然，仅从文体上来说，这样的叙述是成功的。即使是号称“以真实为生命”的报告文学，适当的虚构也可以理解，只要阅读起来没有感觉到虚假做作。事实上，正是这种虚实难辨但吸引人心的写作，构成了“非虚构作品”深受关注的一大要素。

前面谈的主要是技巧，那么从文学作品的内容上看，挟多种文体之长的“非虚构作品”相对于那些完全虚构的小说和只在乎文字狂欢的诗歌而言，具有什么优势？

窃以为，“非虚构”的走红，主要得益于内容的陌生感。我们知道，对熟悉的事物麻木而对陌生的事物有兴趣，是人性一大特点，因此，几乎可以断定，每一部被命名为“非虚构”的作品，它必定包含着一些鲜为人知的生活场景和故事。内容的新鲜，使读者产生一种“窥视隐私”般的兴趣，比如《梁庄》中的农村生活、《中国，少了一味药》中的传销内幕、《词典：南方工业生活》中的发达地区工厂里的血泪与繁华。仍以农村生活为例，虽然我们的媒体每天都在说农民工、留守老人、土地荒芜……但是，在一个城市化时代，农村仍然是神秘而落后的，不信你去街头随机调查，看看有几个城里人能说得出“三农”的意思？作家深入农村，才发现其间发生的种种事情，精彩程度远胜于城市，从农村，更能窥清这个古老国度的真实面貌。那些偶尔到农村“休闲”、参加“农民文化节”的城里人，又怎能洞彻土地深处隐藏的幽深秘密？因此，从《中国农民调查》，到《我是农民的儿子》，再到《梁庄》，深刻揭示农民生活的“非虚构作品”接连引起反响是预料之中的事。

应该承认，“非虚构”写作要花费大量的时间和精力，在陌生的环境蹲点、采访、记录、整合……而不像某些体裁可以坐在书斋里天马行空。每一部成功的“非虚构”文本，都是对作家内心真诚与写作能力的综合考验。所谓太阳底下无新事，最终起作用的，仍然是我们早已熟识的“内容”和“形式”，虽然不能将“非虚构”贬为一个绚丽的幌子，但它也没有一些批评家和杂志编辑所标榜的那么重要。无论是“虚构”还是“非虚构”，无论是散文还是多种文体的融合，都是一个“勾引”读者的高明技巧而已。正是以上种种因素的结合，烤红了“非虚构”这个名词。

最后，我想以一则“非虚构”小片段来结束这篇短文——

十几年前，我们村里面一个媳妇，因为跟婆婆关系不好，两人整天吵架。有一天，媳妇拿起一瓶敌敌畏在村里的晒谷坪当着众人的面一口气喝光。人们见状，赶紧把她按住，给她口里灌猪油（这是农村的土办法：又滑腻又恶心的猪油可以起到清胃的作用，让服毒者把毒药呕吐出来）。才灌了两口，媳妇就吓得拼命叫喊：“我没有喝农药！瓶里装的是水！”人们不理不管，仍是死命地灌，还有旁观者在一旁傻笑。媳妇一边挣扎一边把在场者的祖宗十八代骂遍。第二天，媳妇又和头天灌她吃猪油的村里人一起打麻将，有说有笑的，仿佛什么都没有发生过。

假日书中风景

长假之前，关于如何度过那奢侈的七日，在去外地风景区悦目还是待在家里读书赏心之间，颇费踌躇。最终决定蜗居在家看看书中的风景。时间匆匆，转瞬又到上班之日，几部书籍也装入了脑海。然书中的风景也并非总能给人愉悦，也有心怀不满之时。今浅记心得如下，聊作备忘。

早年在读《随园诗话》时，十分仰慕清代才子袁枚，后来发现此人不仅善文，于饮食也颇有研究，并著有一卷《随园食单》。长假来了，有些闲暇，自然希望在妻儿面前露一手，便捧起《随园食单》，每日读几页，才发现时下我们所见到的许多菜肴，在明清时候即已有之，且烹饪方法大同小异。《随园食单》的过人之处在于它写饮食而不限于饮食，从饮食这扇窗口，读者可以窥察到另外一个世界。而把菜谱写得如此细致有趣的，除了袁枚，目前我暂时还没发现其他人。比如书中《戒强让》一则认为，精心准备器具请客，是一种礼节，然而主人为了显示自己的热情而随便为客人夹菜，表面上是尊重客人，实际上恰好相反。客人又不是三岁娃儿或新媳妇，不必用这种小家子的见识来对待他们。至于妓院中的那种用筷子夹着菜硬塞进客人口中的做法，简直像强奸一样可恶。末了，袁枚还讲了一个笑话，说有个人特别爱请客，菜并不好，却喜欢为客人夹菜。有一次此人在请客时又犯了这一毛病。一个客人问他："我与您算是好友吧？"这人说："当然是。"客人便跪下请求："如果您真的认我为好友，我有一个要求，您允许了我才起来。"这人很吃惊地问是什么要求。客人回答说："以后您家里请客，请您允许我想吃什么就吃什么，不要总是为我夹菜。"可见过分的礼貌不见得为人乐于接受，有时候会变成强人所难。七个假日，菜没学成，倒学习了许多为人处世的方法。

"假期"这个词汇，只对上班族有意义，对于那些自由职业者，似乎和平时没有什么不同。这一点，诗人安石榴有着充分的认识。1993年，这个二十出头的广西乡下青年离开家乡，独闯深圳。2000年，他又两手空空地离开这座城市。在深圳的七年间，安石榴更换了十余种职业，腾挪了十余次住所，经历了大大小小的成功与失败。永恒不变的是与一群同样来自异乡的同龄人的友情，以及他们共同的志趣——诗歌。安石榴的散文集《我的深圳地理》是今年以来最令我动容的读物。在这本书出版之前，我就读过里面的大部分篇什。长假前一个星期，《我的深圳地理》正式出版，我捧着还散发墨香的新书读完了余下的部分。而这个时候，安石榴在广州和中山办了几年杂志后，又返回了深圳这座留下他难忘青春纪念的城市，再次成为一个和“长假”没有关系的自由人。在一个不相信真情只相信金钱的年代，等待一个诗人的将会是什么呢？《我的深圳地理》，既是一部外来青年的深圳生活史，也是一部经济发达地区的地下诗歌史，必将被有心人珍藏。

余华的第四部长篇小说《兄弟》（上部）自今年8月初面世以来，据说已经发行了75万册之多，在文学市场普遍低迷的今天，这个数字堪称奇迹。但发行量的巨大无助于提升它的质量。在我看来，《兄弟》不过是一个好听的故事，还不能被称作优秀的小说。这是我在一个月前阅读本书得出的结论，为了对自己的见识负责，不造成“冤案”，长假期间我将它重读了一遍，印象没有丝毫改变。不知道《兄弟》（下部）在出版后能否为上部挽回一些面子？

《兄弟》出版后，许多论者将其与余华的另两部长篇《活着》与《许三观卖血记》相比较，因为书中都正面描述了文革的状况。殊不知这部小说在精神上与余华的第一部长篇《在细雨中呼喊》更为接近。特别是后半部分，写到两个男孩的友谊时，不仅神似，而且形似。当我读到大男孩哄骗小男孩去看臀部的裤子是否有洞，然后不失时机地放了一个屁的细节时，我以为我正在读的是《在细雨中呼喊》！当然，不可否认，《兄弟》从可读性和煽情方法而言，超过了余华此前的任何作品。因此，尽管我不是很喜欢这部作品，但我仍然要感谢余华在国庆长假的最后一天给了我满怀感动。

《百年五牛图》的几处“斑点”

记得两个月前，朋友送来梁由之的《百年五牛图》（广西师大出版社出版）时，乍看书名我还以为这是哪个画家的画册——2009年是牛年嘛，不是有前人画过什么“五牛图”“八骏图”吗？其实宽泛地说，这本书也可以算一本画册，只是，作者“画”的不是牛，而是“牛人”。

为了方便读者对此书的了解，先到新浪商城复制一段此书的简介：“本书是梁由之为他心目中百年中国五个最杰出的人物所作的评传。所谓‘百年五牛’，指的是文人鲁迅，报人张季鸾，学人陈寅恪，武人蔡锷、林彪。作者博览群书，集萃众说，纵横捭阖，独抒己见，成一家之言。本书以传为主，以评为辅，对这五位性格鲜明、建树卓越、影响深远、命运各异的历史人物的生平和事迹，作了精彩独到的勾勒和评述，颇多心得和发挥。”

下午3时，闲来无事，开始翻书。至晚上8时，读完第一篇《百年树人：关于鲁迅》。该文113个页码，我只喜欢前60页，约占一半篇幅。前半部分纵横恣肆，文风硬朗，对很多著名人物进行了相当独到的褒贬，读得过瘾。比如对周扬、谢泳、林贤治等的点滴评价，有的地方还颇有道理。而60页以后，基本沦为鲁迅传略，虽也可读，但已不如前半部分那么激动人心了。

该书（具体地说，就是这篇关于鲁迅的长文）让我得到了不少教益。其一，读到半途，我突然醒悟到，我前些年读的一本散文诗集原来是学鲁迅《野草》的路数。那本散文诗集是我相当喜欢的一本，我还以为那风格是作者独创的呢。其二，读到鲁迅先生的一封书信，其中有一段，非常精彩，兹摘录如下：“今年春间，又有一般人大用阴谋，想加谋害，但也没有什么效验。只是使我很觉得无聊，我虽然对于上等人向来并不十分尊敬，但尚不料其卑鄙阴险至于如此也。”其三，稍微纠正了我对鲁迅的固有印象。以前我对鲁迅不了解，只是喜欢读一些相关图书，凑巧的是，我读到的那些图书和文章，大部分是尊胡适而贬鲁迅的。因此我也一直认为鲁迅和胡适是非此即彼的关系，后人只能二者选其一。而读了梁由之的《百年树人：关于鲁迅》，我才知道，往深层次说，鲁迅和胡适其实是一类人。以前自己看问题实在太浅了，惭愧。

不过，这幅“五牛图”也有几处小小的斑点——

其一，将《百年树人：关于鲁迅》一文的落款前半句“2006年10月19日凌晨初稿，时值鲁迅先生逝世七十周年纪念日”误认为是正文，排成了与正文同样字体同样字号，而紧接着的“2008年9月6日凌晨改定”却变成了六号字黑体。这个小毛病一般人看不出，但时常读书的人一眼就能发现。

其二，《百年五牛图》写的是鲁迅、蔡锷、张季鸾、陈寅恪、林彪，每人一篇，但拿到书后，一看目录，就可以看出，写林彪那一篇“名存实亡”，肯定经过大量（我猜想可能超过80%）删节。其余四篇文章每篇万余字到七八万字，唯独写林彪这篇只有寥寥5个页码，也不像文章，无非是比较简单的年谱而已。——当然，出版社的做法也可以理解。这个世道，林彪还是少谈为妙。

其三，读第一篇《百年树人：关于鲁迅》的第一句和最后部分的一些文字，感觉有些怪怪的，逻辑不对。是不是作者梁由之在写作此书时，原是把鲁迅拿来殿后的，出版社在出版时把次序调换了一下，放到了最前面？否则怎么该文的第一句会是“终于轮到鲁迅了”？——这书还没开始呢，谈何“终于轮到”？

再有该文最后部分有这么一段话：“回顾历史，接近这些刚劲强健的灵魂，重温他们的思考和选择，是写作《百年五牛图》的初衷之一。目前各式各样的讨论，在理论上往往未能超越20世纪前期先贤思想之范围，深度和广度甚至常常不能及。不少议论都是矮人看场，人云亦云，隔靴搔痒，似是而非。看多了这样的争论，越发感到重新阅读、了解、思考、认识前辈的必要。检讨和反思他们对现实的态度和道路的选择，也许会给人们在当今时势下如何有所作为提供更多有益的启示。”这段话似有总结全书的味道，也证明了原稿中鲁迅是放在最后一个而不是首先写到的，这样从逻辑上才说得过去。

当然，这些都是吹毛求疵。可以负责任地说，《百年五牛图》绝对是值得阅读的好书，否则我这样的懒人也不会一个下午就读100多页——很多年没读得那么勤快了——写下这些小小的感想，无非是想虚荣一下，表明自己还保留着那么一点小爱好而已。

抽到哪本读哪本

这段时间读书有点多，特别是如厕时，读书特别有感觉。

《1978—2008私人阅读史》（深圳报业集团出版社2009年1月）基本上读完了，总体还行，但有些作者写得太粗糙了，等于是对读者不负责任。而有的作者则太把自己当一回事了，文章过于用力，令人以为是有意卖弄。看来，如何达成一个“度”，仍然是作文的一大难题。《中国诗典1978—2008》（时代文艺出版社2009年1月）读了几首，比如沈天鸿的《纸筝》，1993年就在《诗歌报》上读过，极喜欢，还模仿着写了一首，不过后来看了欧阳江河作于1989年左右的组诗《最后的幻象》，对《纸筝》就没那么喜欢了。相对欧阳江河浑厚大气的“幻象”来说，“纸筝”还是轻盈单薄了些。这本书收录的欧阳江河的作品是《玻璃工厂》，一首我喜欢了20年的诗歌。还收录了我的《命运》，可是，它能被人喜欢20年吗？

漓江出版社的《2008中国年度散文》和《2008中国年度随笔》、春风文艺出版社的《一个人的排行榜·1977—2002中国优秀散文》等都读了若干篇什。列举出这三个书名，吓了一跳，竟然全部是编年选本。但一些作品似乎有愧于“年度优秀”这个头衔。还读了余杰的随笔集《爱与痛的边缘》，大象出版社2001年出版。以前很欣赏余杰的作品，常有共鸣，可是这次重读，竟找不到当年的快感了。书中一些作品写得很浅，比如《真实的冬妮娅》，该文是由刘小枫的《记恋冬妮娅》而来，但正因为有了刘小枫的《记恋冬妮娅》，余杰的《真实的冬妮娅》就显得极度苍白。看来，过于流行的作家和作品，的确不怎么经得起时间的淘洗。

看了我上面列举的这些阅读书目，也许不熟悉的读者会以为我是一个高雅的阅读者。应该老实坦白，我不是。三八节的前两天，我还读了一本关于20～30岁女子求职和工作技巧方面的书。书名忘记了，是韩国一个作家写的畅销书，广西科技出版社的朋友寄来的。书很薄，两个小时就解决了，但颇有收获，特别是与同事相处的技巧，让我茅塞顿开。经与出版社联系，打算从本周末起在本报连载。

刚才趁电脑开机的间隙，从书架上乱摸了一本书。——我常常这样，在决定不下读什么书时，就闭上眼睛从书架上抽，抽到哪本读哪本。上厕所时，经过书房，也闭眼一摸，不管是《金瓶梅》还是《金光大道》，都毫不迟疑地拎进去。当然，这只是一个比方，我没有收藏《金瓶梅》和《金光大道》，但有《共产党宣言》，以前买来当散文读，竟也津津有味。我一直觉得马恩二老不仅是出色的政治家，也是绝佳的散文家。

接着前面“上厕所”的话头，这次摸到的是叶兆言的小说集《去影》，长江文艺出版社1992年第一版，1996年第二版。手头上这本应该是1996年印刷的第二版，因为1992年我还在四川，叶兆言的书只买过一本《枣树的故事》，1994年10月因为经济紧张而贱卖给了广西师范大学的学生，那真是一次不堪回首的经历。现在抽到了《去影》，真是冥冥中的天意。一翻目录，收录有中篇小说《枣树的故事》。这小说叙述手法比较先锋，以前读了好几遍才懂，很是迷恋，值得再读一遍。看来正应了那句老话：“出来混，总是要还的。”

对自己如此，对别人就不见得了。以前——我说的是以前——某人进了厕所，突然想看书了，大声叫我找一本书给她读，我就专门找一本《忧伤的月亮》或者《博尔赫斯的夜晚》递进门缝，管她爱看不看。——也许有人不知道这两本是什么东西吧？就是鄙人年少时出版的粗陋的小书，曾经很喜欢，年纪稍长，一打开书页，就可以闻到一股“为谱新词强说愁”的酸味。人嘛，总是喜欢搞点恶作剧的。而现在，不仅失去了搞这种庸俗的恶作剧的闲情，也没有从门缝里递上一本蹩脚的臭书的兴致了。

翻到哪页读哪页

我读书有个怪习惯：喜欢乱翻。一本书拿在手里不是按“目录—前言—正文—后记”的顺序阅读，而是翻到哪页读哪页，从不管什么前因后果，转折过渡，只由自己的心情和兴趣决定。

这样的“嗜好”源于少年时候读古诗。大凡诗词选本，多是每首诗作连同注释、说明只占一两个页码，所以无论怎么翻，都能读到一首完整的作品。而每读一首诗，心里就对它的内容和所在的大致位置、页码留下或深或浅的印象。若第二次正巧又翻到这一页，心里便明白自己已读过了，要么再“复习”一遍，要么又随便翻开另一页读别的诗作。就这样翻来翻去，一本《唐宋词一百首》竟被我背下十之八九，且能说出某些作品所在的页码。

年岁稍长，喜读散文。散文集的编排特点与诗集类似，将此读书方法原样照搬，也不觉得有何不妥之处。

用这种方法读小说，弊端就多一些了。由于小说篇幅较长、时空跨度大、故事情节结合紧密，无论翻开哪一页，呈现在眼前的也只能是一些破碎的环境描写、人物对白或事件片段。假若一部整体上优秀的作品正好被你翻到写得最糟的一两页，那么你对整部作品也就会兴味索然。当然，采用“乱翻”的方法读小说也并非一无益处，有些小说本身就质量低劣，读了几页没感觉，不如及早放下。如果运气好的，“乱翻”一下，有可能得到极大的启示。精彩的对白、引人深思的哲言警句会令你如饮甘醇，甚至会陶醉一生。就我本人而言，印象最深的一段话就是年少时乱翻到的，当时家里藏有一本破旧的《钢铁是怎样炼成的》，年少的我当然不知道这是一部跨时代的巨著。出于无聊，也出于无书可读，我随便翻开这本书的某一页，恰好读到了那被亿万人铭记心间的句子：“人的一生应当这样度过：回忆往事时，他不会因为虚度年华而悔恨，也不会因为碌碌无为而羞愧……”多年以后的今天，哪怕《钢铁是怎样炼成的》已被很多青少年冷落，哪怕这句话已经显得有些陈旧老套，我仍能记得当时醍醐灌顶般的激动。

后来读漓江版的《麦田里的守望者》。最初是冲着书中的点题之句而去的，即："有那么一群小孩子在一大块麦田里做游戏。几千几万个小孩子，附近没有一个人——没有一个大人，我是说，除了我。我呢，就站在那混账的悬崖边。我的职务是在那守望，要是有哪个孩子往悬崖边奔来，我就把他捉住——我是说孩子们都在狂奔，也不知道自己是在往哪儿跑，我得从什么地方出来，把他们捉住。我整天就干这样的事。我只想当个麦田里的守望者。"虽然当时年纪小，感觉不到这句话有什么微言大义，但仍然情不自禁地迷恋，以至于以为整本书的叙事无非就是围绕着这个"中心"旋转而已，其他内容可忽略不计。若干年后的一天，睡前无事，又拿起此书随乱翻看，不经意就读到了一句话："一个不成熟的男子的标志是他愿意为某种事业英勇地死去，一个成熟的男子的标志是他愿意为某种事业卑贱地活着。"我马上愣住了，我感到，随着年龄的增大，生活阅历的丰富，《麦田里的守望者》更令人感慨的应该是这么一句话。相比前一段话，这句话更意味深长，尽管在小说里，它处于一种被讽刺的位置。

现在，像《麦田里的守望者》那样的书已经很少了，像塞林格那样珍惜的作家更是凤毛麟角。在赝品横行的年代，我们不妨退而求其次：一本书，只要其中几句话有益于读者的心理健康，那就可以列入好书的范畴了。

作为一种阅读方法，“翻到哪页读哪页”不是完美的，也算不上什么“妙方”，因为它常会使人产生“挂一漏万”的遗憾和“一叶障目，不见泰山”的失误，毕竟，不少书籍还得从头到尾，循序渐进，反复琢磨。但正如前文所言，“乱翻”无疑是众多阅读方法中较为轻松随意的一种，在阅读某些类型的书籍时有一定的可取之处。因此，当你想读一本书时，也不妨先将它拿在手里，随便翻翻再说。

当然，也许若干年后，“翻书”也已成为“旧社会”的习惯。随着网络的发达，阅读的重心将转向屏幕——包括电脑、电子书、手机等，纸版图书则会逐渐萎缩。到那个时候，传统的阅读方式更多的不是为了获得知识，而是某种身份和兴趣的象征。就像我乡下的二叔公，从旧社会起就自己种烟叶，抽水烟筒。后来他几个儿孙都有出息，数百元一条的中华烟随时都可以往家里带，但他除了偶尔招待客人时会掏出象征着时代潮流的“中华”，更多的时候，他仍然拿一把躺椅摆到堂屋门口，斜斜地靠着，往水烟筒里缓慢而优雅地塞上几缕烟丝……

与“第三代”相关

先普及一个基本常识：诗歌界对于“朦胧诗”以后的现代诗歌称谓不一，有“后先锋”“后崛起”“新生代”“后新诗潮”“朦胧诗后”“后朦胧诗”“第三次浪潮”“第三代诗歌”等叫法，其中又以“第三代”和“后朦胧诗”较为通行。“后朦胧诗”从字面上就可以理解，那么，何为“第三代”呢？诗人西川的说法是，北岛之前的诗人为“第一代”，以北岛、顾城为代表的“朦胧诗人”为“第二代”，“朦胧诗人”之后出现的诗人为“第三代”。“第三代”之后的诗人对“第三代”含义的理解也各不相同，有的把在20世纪80年代中期涌现的所有诗人都归为“第三代”，有的则只认为“非非”“他们”“莽汉”等以日常口语入诗的诗人才算“第三代”。尽管众说纷纭，一个共同的特征是：无论这一群体如何命名，都指向了“与朦胧诗断裂”这一目标。

理解了命名问题，就可以进入正题了。

万夏与潇潇合编的《后朦胧诗全集》（四川教育出版社1993年8月出版）可能是中国当代诗歌最厚重的选本，上、下两卷正好2000个页码，收录上世纪80年代初到90年代初十年中“后朦胧诗人”的代表作1500多首，5万余行。可想而知，如此巨大的篇幅，对“第三代”诗人较为优秀（或不优秀但产生过影响）作品的展示应该是相当全面的。因此，虽然全书没有收录理论文章，该书也在某种程度上具有了“史”的意味。

在序言里，潇潇雄心勃勃地宣称此书的“生命力还在于每两年一次的版本修订，以期达到‘编年史’和‘全集’的目的”。而且，在这两本书的书套上，编者还打出了除《后朦胧诗全集》之外的四个大型选本：《前朦胧诗全集》、《朦胧诗全集》、《中国先锋诗歌批评全集》（上、下）、《20世纪中国诗歌史》即将出版的消息。后来的事实表明，这是有雷声而不见雨点。我想，这里面除了稿件本身的原因，来自经济方面的压力也是一个不得不重视的因素。

据说《全集》出版后，有某些诗人抱怨错漏颇多，只是我在阅读时不怎么看得出来。我只知道李亚伟的《中文系》和西川的《在哈尔盖仰望星空》有两种版本，而此书收录的正好是我不大欣赏的版本。

唐晓渡选编的《灯心绒幸福的舞蹈》可以说是《后朦胧诗全集》的简缩本，收录了“后朦胧诗”37家的作品。当然，它的出版日期（1992年7月）要比《后朦胧诗全集》早整整一年。作为北京师范大学出版社出版的“80年代文学新潮丛书”的一种，本书为世人了解“朦胧诗”以后的诗歌创作立下过汗马功劳，在该书序言里，唐晓渡将“朦胧诗”与“第三代诗歌”从表达形式到思想取向都进行了详尽而精到的比较，对读者了解中国现代诗的发展历程不无帮助。

《灯心绒幸福的舞蹈》出版七年之后，1999年9月，北京师范大学出版社再次推出“90年代文学潮流大系”，《先锋诗歌》卷仍由唐晓渡编选，但这一卷的影响已远不如前。也许，相对于热闹非凡的80年代，90年代实在是寂寞了许多。将相隔七年的两本书的作者相对照，贝岭、大仙、岛子、丁当、郭力家、海男、海子、何小竹、李亚伟、廖亦武、林雪、骆一禾、马高明、宋渠、宋炜、杨黎、张真、赵野消失了，这个数目占了全书的整整一半。这是再次印证了“诗歌是年轻人的事业”，还是预示着编选者的诗学立场有所改变？

有意思的是，某个论者为了证明柏桦是当代最优秀的诗人，便举例说，“80年代文学新潮丛书”和“90

年代文学潮流大系”的《先锋诗歌》卷以及同样是“第三代”诗歌选本的《以梦为马——新生代诗卷》（陈超编选，北京师范大学出版社1993年出版）都把柏桦列于首位，因而“可见柏桦地位之高”。殊不知这三本书本来就是按照作者姓氏的拼音来排列先后顺序，既然三本书都没有收入“a”字开头的阿吾、阿坚、阿曲强巴等人，“b”字开头的柏桦自然要列在首位了。当然，这是题外话，和编者及柏桦都无关。那么下面一件事或许就和编者有关了——既然是以姓氏拼音排列，《先锋诗歌》卷在最后却突然冒出了一个以“h”开头的“侯马”，不知道这是什么原因？

关于“第三代”的诗歌选本，较有影响的还有中国文联出版社1988年出版的《第三代诗人探索诗选》（溪萍编选），人民文学出版社1989年出版的《情绪与感觉——新生代诗选》（邹进、霍用灵编选），中国文学出版社1993年出版的《温柔地死在本城》（勾承益编选），北京师范大学出版社1993年出版的《磁场与魔方》（吴思敬编选）、《以梦为马》（陈超编选）、《苹果上的豹》（崔卫平编选），春风文艺出版社1994年出版的《后朦胧诗选》（阎月君、周宏坤编选），敦煌文艺出版社1994年出版的《亵渎中的第三朵语言花》（周伦佑编选）等。各选本的作者以及作品大同小异，北师大版的三个选本在作者性别和诗歌形式上进行了分门别类，依次为长诗选、新生代诗选、女性诗歌选。可见，“第三代”的确已经成为一个可以出现多种可能性的话题。而这些“第三代”诗歌选本大多出版于上世纪80年代末到90年代前期，而后渐近于无，这是意味着诗歌这一文体的逐渐衰弱，还是预示着“第三代”诗人已到达辉煌的顶峰，随后逐渐退出“诗歌舞台”？

实际上，90年代中期以后，“第三代”作为一个名词越来越少被人提及，“集体”的形象淡化了，取而代之的是个人的出场。“第三代”中具有实力者已经牢牢地巩固了他们的地位，不同诗人之间的诗学观念也差异甚大，结成“集体”已不可能。这不奇怪，从群体潮流到个人凸显，本来就是文学创作的必经之路。

五本书

《载满鹅的火车》

严格地说，王怡《载满鹅的火车》（湖南美术出版社）里的文章算不上影评。我们所习惯的影评一般具有较为固定的模式，比如不管内容如何乏味，都必须花一大半篇幅来复述剧情；不管影片的内涵有多单薄，都必须从中提炼、归纳出中心思想。更有甚者，生怕观众头脑不够灵活，看不懂影片的深刻内涵，便不惜笔墨告诉你这句对白多有水准，那个场面富含深意。作者以为自己是向导，殊不知读者早已先他到达目的地。《载满鹅的火车》不是这样，里面所有文章似乎与电影有关，而实际上要说与电影毫无关系也未尝不可，它们更多的是与普通人的生活有关，与一个年轻学者对时代与人性的思考有关。电影以虚构的方式直指生活的真相，导演力求在镜头的切换间形成值得反复琢磨的意味。而在《载满鹅的火车》的作者那里，那些甚至连电影导演也会忽略的普通情节却最有可能闪烁出异样的光芒——他阐释的不是电影的情节本身，而是情节所蕴含的道理。

这需要发现的眼光。就像对同一篓砂石，有人只知道用它建造猪圈，而另一些人却从中提炼出了金子。王怡无疑是一个有慧眼的淘金者，比如，他认为，正是周星驰影片里的一些“无厘头”的对白使其脱离了低级趣味，成为后现代电影和价值解构的代表。为什么呢？因为“无厘头”不是无意义的搞笑，而是对于主流价值的嘲讽与怀疑。循着这条路径，你可以看到在许多看似庄严的“大”与日常习见的“小”之间，周星驰游刃有余地拉起了一条意味深长的丝线。是的，真正的行家不在话多，而在于是否说到点子上。那么，我们说话写文章，能否多一些“一语抵千言”的机敏？

然而，对那些已经对生存环境具有了自己独特的视角的读者而言，《载满鹅的火车》有些时候是模糊的，某些话题看似已展开，而字里行间却给不出更有说服力的理由。这或许与作者的年龄有关，或许与我们心照不宣的环境有关。

《非常罪，非常美》

毛尖的《非常罪，非常美》(广西师范大学出版社)是琐碎的、细致的、絮絮叨叨的，但这些无法影响作者的思想锋芒。这种思想不密集，而是穿插于对细节的描述中。作者对思想也不是直接托举，而是“顾左右而言他”式的，看似无心，实则有意。我不知道这个时代还有多少人对思考感兴趣，君不见文化泡沫在天空中肆无忌惮地飘飞，热衷经济漠视心灵蔚然成风。但我知道总会有一些人保持着纯洁的信仰和对伟大事物的敬畏。没有对权力的争取和反思，人与动物何异？如果说电影是一辆火车，那么它承载的就不应该只是供玩赏器具和食用快餐，作为商业时代的神话，它还可以承载看不见的文字和思想，承载无数已知或有待解决的问题。

也许我说得过于一本正经了。从最低限度说，《非常罪，非常美》让我经历了一次神秘而快乐的电影之旅，有时候为人物的命运而感伤，而更多的时候，仅仅是文字本身也让你心醉神迷——“半个世纪过去了，布鲁克斯猫咪般倦慵的表情，懒得挑逗任何人但又挑逗了每一个人的姿态让所有的观众感到心神动摇……现代的电影演员已无法演绎那种暗哑然而汹涌的欲望。”（《劳驾您指点地狱之路？》）抄下这段话，不是为了多混几文稿费，而只是想说明一点：在这个以嗓门高低论英雄的年代，适当的沉默也是一种自信。

《博尔赫斯八十忆旧》

如果要评选新时期以来对中国作家影响最大的10位外国作家，我相信博尔赫斯肯定榜上有名。其实，这个阿根廷文坛巨擘的影响又何止限于中国？他属于整个世界。至今，各国青年作家中，模仿博尔赫斯者仍数不胜数。尽管已去世多年，博尔赫斯的影响却不仅没有减小，反而越来越大。

《博尔赫斯八十忆旧》是美国学者巴恩斯通编著的博尔赫斯晚年谈话录，上个世纪80年代在美国出版，西川在1988年就译出了该书，由于种种原因，延迟到2004年1月才由作家出版社出版。《博尔赫斯八十忆旧》内容涉及博尔赫斯对时代、宗教、哲学、文学的大量观点，警言妙语随处可见。这是一本可以任意翻阅的著作，无论你是从头到尾循序渐进，还是倒过来从后面开始，乃至于随便有一页没一页地跳着读，都没关系，因为几乎每一页都有值得你思考的东西。在我的阅读历史中，与之相似的书只有余华的长篇小说《在细雨中呼喊》和罗兰·巴特的《恋人絮语》。

一个作家这样总结道："没有'三斯'——博尔赫斯、马尔克斯、乔伊斯——就不会有改变中国文坛状况的先锋小说大潮。"这话即使有夸张的成分，但也不会过于失实，甚至大多数中国青年作家还不配做"三斯"的徒弟。

当然，也有例外的，极少数作家并没有一味地把自己囿于"师徒"的圈子，他们注重的是思想的传承与人格的培养，他们在一步一步地向大师走近，有一天，他们也有可能成为万众景仰的大师。比如小说界的莫言，诗歌界的西川。多年以来，西川隐忍、沉稳、不张扬，为诗为文都体现出天然的大家风度。即使是在前几年闹得沸沸扬扬的"民间写作"和"知识分子写作"的争论中，有人已明火执仗地开骂，西川仍然泰然处之，反击文章也立足于学理和道理。其实这些争论实在是有些多余，西川的作品体现出知识分子特征，而他的为人和性情却是"民间"的，在诗界不妄自尊大，对荣誉也不强求，颇有一种博尔赫斯式图书馆馆长的色彩。

《旁观者》

洋洋三卷的随笔巨著《旁观者》不是一部通常意义上的文学作品，它的作者钟鸣也不是大红大紫过的“当红作家”或“主流作家”，而是一个旁观者。什么旁观者？文学的，思想的，也是世俗生活的。甚至在文体上，本书也具有极强的“旁观”姿态，它熔随笔、小说、诗歌、文论、传记、新闻、摄影、手稿等多种因素于一炉，这些因素相辅相成又各自独立。总体看来，它可以称作一部个人成长史和当代诗坛扫描，而分解开来，则可以看到一篇篇独立成章的诗学或哲学论文。这样的组合方式，在我国以往的出版物中甚为少见，也难怪出版者在扉页中敢表现出近于自夸的自信：“这是一部具有革新和挑战意味的传记批评，也是毛泽东时代抒情诗人的心灵史和成长史……是本世纪末一部具有结束和开创意义，对中国乃至世界文坛具有指点意味和巨大贡献的重要著作。”

从以上的描述可知，《旁观者》是一部挑选读者的书，其文体的博杂、内容的边缘化以及内涵所达到的深度注定了它不能“人见人爱”。但是，它散发出来的光泽让人迷恋，并让书架上那些婆婆妈妈的著作顿失光彩，也让那些故作高深的作家学者无地自容。而受益者，是钟爱文学、关注高雅艺术命运的读者。他们通过此书，不仅潜移默化地接受了高端的文学和哲学感知，对我国70年代末以来某些众说纷纭的文坛现象也有了较深入的了解。譬如第二卷中展示了大量当年的文学刊物，特别是“地下刊物”的封面和目录，以及诗人手稿和西方国家对我国先锋诗歌的翻译样本。如此集中的展示，对于文学爱好者和研究者而言，无疑是一笔巨大的财富。

《时代的孤儿》

我对东西小说的兴趣始于1995年，在某一期《大家》上，东西的小说、照片和简介赫然在目。当时最吸引我的不是小说，而是那则简介——世间一切，什么都是东西，什么都不是东西。短短十余字，调皮洒脱意味深长。当然，最终赢得信赖的仍是作品本身。我曾复印过东西的好几篇小说，像1995年前后的《溺》和《没有语言的生活》，前者转给了一个正在撰写东西作品评论的教授；后者我曾推荐给一个朋友编的报纸连载，只是被他的领导以读不懂为由拒绝了。

出版业的热闹，增强了人们对好作品的期待；面对鱼龙混杂的小说作品，除了“不知好歹”者来者不拒，大部分读者都知道依照内心的喜好选择读物以节省精力。我希望自己读到的小说具备三个特点：故事不落俗套，技巧不着痕迹，语言让人耳目一新。三个条件缺少了一种，小说就有可能长成一副孙甘露（仅限于说写《岛屿》时的孙甘露）或谈歌、关仁山式的面目，要么过于艰深晦涩，要么一览无余。这样的小说读了纯属浪费时间。东西无疑是融合了这些特点的优秀作家。无论是早期的《商品》，中期的《目光愈拉愈长》，还是最近发表的《不要问我》，都是值得重读的优秀之作。《没有语言的生活》更因其独特的视角、出色的叙述能力和对弱势群体命运的思考而迈进了经典行列。在这部小说里，哑、盲、聋一家三口，每一个人都是另一个人的器官，三个残疾者组合成一个虚拟的健康的人，生活的艰辛和欢乐通过一个特殊家庭的境遇找到了另一种展示途径。

可以说，小说随笔合集《时代的孤儿》（昆仑出版社）的每一篇小说作品都是作家递给文坛的一份“界线划定”——东西不是“东南”“东东”“东北”，抑或是其他面目模糊的什么。东西就是东西，自成一家，不能复制。对于这样一个作家，我们能做的恐怕只能是满怀敬意地看着他一步一步向前走去。

80年代的几个选本

《朦胧诗选》

1986年是新时期中国诗歌的分水岭，此前是“朦胧诗人”的天下，此后“第三代”诗人浮出水面，并逐步取代了“朦胧诗人”的弄潮儿地位。1985年11月出版的《朦胧诗选》（阎月君、高岩、梁云、顾芳编选，春风文艺出版社）可以看作“分水岭”的重要标志之一，如同北岛的一首诗歌标题——“结束与开始”，它既是“朦胧诗”的阶段性总结，也预示着更年轻的一代即将粉墨登场。

我在1991年左右才接触到这个选本，十余年后的今天重新捧读，仍然是满怀激动。那一个个闪光的名字，那一首首曾经让我们激动得彻夜难眠的诗篇依次出现，过去年代的一切仿佛就在眼前。

在序言里，谢冕先生早就预见了困扰诗坛至今的“懂与不懂”的问题：“一首难以理解的诗，并不等同于不好的或失败的诗，除非它是不可感的。一些人在这些诗面前的焦躁，多半是由于他们的不能适应。他们习惯于一览无余的明白畅晓的抒写。他们的欣赏心理是被动的接受。他们并不了解，好的艺术是诗人与读者的共同创造，它们总是期待着欣赏者对于作品的加入。它们把自身未完成的开放式的（而不是封闭式的）存在付与欣赏者。此即属于可谓‘未完成美学’的范畴。此类诗的创造，从一定意义上说，是最大可能地调动欣赏者的创造欲望，吸引他们的参与。这是一种双向的有一定规范性的自由活动。可惜不少诗歌的批评者和欣赏者，对此缺乏谅解。”这段话直到今天仍有极强的现实意义。

重读《朦胧诗选》，已经不是为了纯粹的诗艺，而是希望从中再次沐浴精神的光辉。因此，我有必要向这四个编选者致敬，要知道1985年，她们还是辽宁大学中文系的学生。联想到今天的大量大学生诗人要么沉迷于“纯情”的旋涡中不可自拔，要么将“黄段子”奉为最高纲领，满腔热血变成了只能促成性冲动的荷尔蒙，实在令人无法不“悲从中来”。

《探索诗集》《中国当代实验诗选》

《探索诗集》（上海文艺出版社1986年出版）和《中国当代实验诗选》（唐晓渡、王家新编选，春风文艺出版社1987年出版）在中国新时期诗歌大潮汹涌澎湃之时推波助澜，这两个选本与此前出版的《朦胧诗选》和此后出版的《中国现代主义诗群大观1986—1988》共同分享了上世纪80年代中后期青年诗人的尊敬。

《中国当代实验诗选》的31位入选诗人都不属于“朦胧诗”阵营，而是1986年左右崛起的新诗人。他们的审美思想与北岛们已经发生了翻天覆地的变化，是从“人类的主体意识（大写的‘人’）的觉醒到个体主体性（小写的‘人’）的确立”（唐晓渡：《中国当代实验诗选》序言）。《探索诗集》是上海文艺出版社出版的“文艺探索书系”第一辑中的一种，其他几种分别为《探索小说集》《探索电影集》《探索戏剧集》等。那是一个具有良好的“探索风气”的年代，除了诗人们创意迭出，苏童、余华等新锐小说家也开始崭露头角，但头顶的光环远不如诗人，不料仅仅是数年之后，诗人和小说家的“待遇”便颠倒过来。因此，也可以说这两个选本见证了中国诗歌从20世纪80年代中期的金碧辉煌到90年代以后灯火萧条的历程。

《中国现代主义诗群大观1986—1988》

1986年10月，《深圳青年报》和安徽《诗歌报》虽各自腾出两到三期的篇幅举办诗歌大展，但所能容纳的内容终归有限，而且报纸也不易保存。为了巩固“胜果”，进一步展示“第三代”的创作实绩，两年后的1988年10月，由徐敬亚、孟浪、曹长青、吕贵品合编的《中国现代主义诗群大观1986—1988》（同济大学出版社）应运而生。本书作者和内容以“两报大展”为基础，并增添了少量因为当年信息闭塞而与“大展”失之交臂的诗人，对于少数实力诗人，则在篇幅上予以倾斜。诗选出版后，引起巨大反响，由于封皮为红色，人们习惯以“诗坛红皮书”来称呼它。

尽管该书鱼龙混杂，但诗人们旺盛的创造力仍令人不得不刮目相看，相比之下，今天的许多诗人沉稳有余而锐气不足。“沉稳”在大多数时候是成熟的特征，但有时候也会成为固步自封的同义词。今天有的诗人已成为不顾内容的形式主义者，斤斤计较于文字的组织、诗行的排列。虽说对技巧进行斟酌相当重要，但是如果仅仅注重表达方式的练习而忽视了对灵魂的磨砺，仍无异于舍本逐末。写到这里，我想起了20多年前遇到的一件事情：一个诗人常对我出示他的作品，那些作品文字奇崛，让人如坠云端，这份功夫令我向往不已，在很长一段时间里我都把他当偶像。直到我读完《中国现代主义诗群大观1986—1988》，我才醒悟过来——他的那些“诗歌”完全是由书里的作品模仿变形、东抄一句西“借”一行而来，就连他自己也不知道写的是什么。可想而知，这种缺乏个体生命体验的分行文字甫一出现就是寿命终结之时，那个诗人很快就销声匿迹了，十余年来，我没有再读到他的一句诗。

“86大展”后，《诗歌报》又于1989年举办了“中国实验诗集团展示”“博格达诗社”“伊甸园诗社”“超超主义诗歌”“达无主义”“‘城’诗歌沙龙”等60多个团体粉墨登场，但回声空寥。那个时候，真正优秀的“第三代诗人”都已成名，诗歌的黄金时代也已走到末期。如果说参加过“86大展”是一种资历，那么参加“89大展”已没有任何荣耀可言。因此，当我看到一些诗人得意洋洋地把参加过《诗歌报》1989年举办的“实验诗集团展示”列在个人简介中并在四处炫耀时，心里对他的尊敬并没有相应增加——你以为我是傻子啊！

90年代的几个选本

《中国诗选》

上世纪90年代以来的中国诗坛，只编了一个诗歌选本就被人长久地记住的诗人，沙光可能是唯一的一个。由她执行主编的《中国诗选》（成都科技大学出版社1994年7月出版）直到今天，仍然是许多诗人心目中最值得收藏的选本之一。资以证明的事例是：2000年夏天，“90年代汉语诗歌论坛”问卷中关于“列举90年代最著名的10本诗歌选本”一项，几乎没有诗人不列举《中国诗选》的。

和《后朦胧诗全集》一样，《中国诗选》仍然以“第三代”诗人为主，但也“拉拢”了一些诗坛前辈和批评家，如谢冕、徐敬亚、唐晓渡、陈超、程光炜、张颐武、崔卫平等。自然，作为执行主编的沙光尽管年纪轻轻，但也理所当然地受到厚待，在开篇安排了自己的20余首短诗和陈超先生的评论。好在这些作品尚具有一定的质量，并未使本书质量降低多少。奇怪的是，在这一次“辉煌”之后，沙光就消失了踪影，堪称惊鸿一瞥。

有意思的是，据说编者在付印前接受了出版社的建议，临时将欧阳江河那篇著名的《89后国内诗歌写作：本土气质、中年特征与知识分子身份》和朱大可那篇同样著名的《先知之门——海子与骆一禾论纲》抽了下来，于是，出现了目录有标题而内文阙如的戏剧性场面。

与《后朦胧诗全集》同样遗憾的是，这个选本没有实现编者的“连续出版”的目标而成了绝响。既然如此，也就由不得别人使用这个书名了，新世纪以来，好几家出版社出版过不同版本的《中国诗选》。

《他们：〈他们〉十年诗歌选》

当许多有识之士为诗歌民刊《他们》的停刊而叹

息时，漓江出版社1998年5月出版的《他们：〈他们〉十年诗歌选》（杨克，小海编）在一定程度上填补了他们心中的部分遗憾。

封面是画家毛焰设计的一幅意味深长的黑白画：一个面容模糊但目光明亮的人将双手举到头顶，粗略看去，活脱脱一个投降者的姿态。向世俗投降？向金钱投降？还是向永恒的缪斯女神顶礼膜拜？而细看，又会发现两只手的拇指和食指勾成了枪的形状。是欢呼？要自杀？还是想和谁决斗、向谁"开炮"？抑或就是一个小小的恶作剧？不了解诗刊《他们》的办刊历程和诗歌团体"他们"的追求的人，不可能理解这幅画的含义。

对于"他们"的主要诗人，真正的爱诗者早已耳熟能详。于坚、韩东、小海、丁当、王寅、吕德安……都是当代诗坛独具品格的重要诗人。十余年来，这些诗人坚持了一贯的追求，以简洁朴素的口语，平凡常见的生活细节，独特而有味的意境，对旧的诗歌传统作出了强有力的冲击。他们的不少作品足可进入当代文学的精品库中。而翻开《他们：〈他们〉十年诗歌选》，你会惊讶于这些精品的大多数竟是由《他们》首发的。如于坚的《尚义街6号》、王寅的《想起一部捷克电影想不起片名》、陆忆敏的《美国妇女杂志》、杨黎的《撒哈拉沙漠上的三张纸牌》……这些诗歌从内部发表到公开发表，再到引起长达十数年的纷纷纭纭的论争，既昭示了《他们》的独特价值，也预示着集《他们》大成的《他们:〈他们〉十年诗歌选》已不是一本常规意义上的选本，而是一部特殊的诗歌史。

《岁月的遗照》

和许多诗人对《岁月的遗照》的批评不同，在我所收藏的数十个选本中，《岁月的遗照》(程光炜编，社会科学文献出版社1998年2月出版)是我相当珍爱的。我喜爱这个选本的最大理由是：相对于其他选本，它提供给我的佳作要多一些——这也是我区别选本质量高下最主要的方法——而不是基于“于坚韩东名气那么大为什么排那么后面，而且作品选得那么少”“你有什么权利冠以‘90年代’”之类的理由。名利和意气都是外在的，并不为一个普通的读者所关心。

自然，对于程光炜先生在序言中的某些文字，我保留个人的看法，比如他在论及某个诗人时，喜欢为这个诗人在国外大诗人中找一个参照系。有些时候，人类的艺术思想是相通的而不是沿袭的。但这仍然无关紧要，别人的论点仅仅起到参考的作用而不一定能够“指导”所有读者的观念，只有那些盲目而不自信的读者才担心被评论家牵着走。再说，程光炜先生在序言里也对他的编选立场做了解释：“我在本文中从事的并非盖棺论定式的90年代诗歌的批评，而是我对今天诗歌的态度。我无意将它强加给任何一个人。……当20世纪即将从我们的视线中消失的时候，还有什么能比重温一遍我所喜欢的诗篇更有意思呢？”话已说得很清楚了，你还想要别人怎么样？

新世纪以来的几个选本

“知识分子写作”选本

1999年盘峰诗会后，中国诗歌界“知识分子写作”和“民间立场”的“内讧”公开得更彻底，分歧进一步加大。从1999年到2001年，双方相继在《大家》《北京文学》《诗探索》《文论报》等报刊发生笔战。与此同时，双方也加紧“巩固”自己的“势力范围”，各自按照心目中的标准编选诗歌和理论选本，培养“后备力量”。“民间”一方，杨克等人继续操作下一年度的新诗年鉴，杨黎和何小竹则编选了《1999中国诗年选》由陕西师范大学出版社出版。“知识分子”一边有王家新、孙文波编选的《中国诗歌：90年代备忘录》

和孙文波、臧棣、肖开愚编的《中国诗歌评论》两本“绿皮书”。这两个选本从理论到作品都有浓郁的“知识分子”特征，可以看作是持“知识分子写作”倾向的诗人和评论家在盘峰诗会后一个有意味的集合。《中国诗歌评论》自1999年11月出版了第一辑后，在随后几年里依次出版了数辑，“绿皮书”也依次变为“黄皮书”和“蓝皮书”，对更年轻的一代的推举的力度更大，2002年推出的那一辑，前三个打头阵的诗人王敖、胡续东、颜峻都出生于70年代，随后似乎没有再出版。

长江文艺出版社于2000年8月出版《时间的钻石之歌：中国新锐诗人诗选》的编者之一是曾经编过《岁月的遗照》的程光炜教授。在某种诗学观念的指引下，本书可以说是《岁月的遗照》的续集，继承了《岁月的遗照》的编选立场，作者年轻而颇有锐气，对于倾向于“知识分子写作”的诗人而言，这同样是一本不可多得的读物。与《时间的钻石之歌》同时出版的《中国第四代诗人诗选》（聂作平、龚静染编选，四川文艺出版社2000年8月出版），作者名单与《时间的钻石之歌》出入不大，人们常将两本书放到一起讨论。比如北京某高校曾举行过这两本书的讨论会，认为这是对“第四代诗人”创作实绩的一次大展示。“第四代诗人”这一称谓和后来徐江提出的“新世代”，安琪、黄礼孩提出的“中间代”所“收编”的诗人相似，只是极少被人论及，倡导者在出版了诗选后也未再有进一步动作，于是“第四代”不了了之。关于这一命名，我倒是记得90年代初洪烛、马萧萧等几个诗人提出过这个口号，并于1993年在接力出版社出过一套“第四代诗人丛书”，然后就不知影踪了。

《70后诗人诗选》

2001年6月，福建海风出版社出版了《70后诗人诗选》（黄礼孩编）。这是国内正规出版的第一部在书名上冠以“70后”这一命名的选本，它在一定程度上标志着“70后”在1996年横空出世之后，获得了更大范围的认同。

在这本厚达450页的图书中，我们看到了百余位诗人的作品，以及各种对“70后”的评论介绍文章。可以说，本书基本上囊括了2001年以前活跃于文坛的70年代出生诗人。所收录的数百首作品风格多样，充分展示了这一代诗人在各个方向上的探索。它再次证明了“70后”只是一个时间概念，它不是封闭的，而是敞开的，它只是对所有在20世纪70年代出生的诗人笼统的称呼，而不是某个诗歌流派、某种审美倾向的代表。

本书的遗憾同样体现在“一网打尽”上。编者为了求大求全，而把一些几乎是刚刚起步的初学者列了进来，导致全书的作者鱼龙混杂，作品质量整体下滑；而另一些入选者只是因为善于造势而暴得大名，其作品所达到的深度令人怀疑。奇怪的是，这些作者却被一些同样喜欢造势、江湖意气颇浓的前辈诗人大肆表扬，认为是“天才”。我读来读去，看不出他们的“才”在哪里。毕竟，诗歌不是叫嚷和吹捧出来的。看来，即使是“老天才”也会有“老眼昏花”的时候。

《1967—2001自由诗篇》

除了以流派、地域、题材等为编选角度出版的选本，十余年来，我还接触过不少以时间为范围编选的诗歌选本，如吴昊编的《中国90年代诗歌精选》（新疆人民出版社）、江水编的《20世纪90年代诗选》（上海文艺出版社）、张新颖编的《中国新诗：1916—2000》（复旦大学出版社）、林贤治编的《1967—2001自由诗篇》（中国工人出版社）、孙琴安编的《朦胧诗二十五年》(上海社科出版社)、吕进主编的《新中国50年诗选》(重庆出版社)、蒋维扬主编的《诗歌报10年精华》(安徽文艺出版社)、杨牧主编的《中国星星四十年诗选(1957—1997)》(重庆出版社)等,虽不算蔚为壮观,倒也值得花些文字。

各个选本侧重点不同,均体现出了编者的审美观和艺术倾向。当然,也不排除其中掺杂一些私心。比如有的选本论资排辈,"名气"第一,"资格"至上;有的"排排坐吃果果",凡是"著名诗人"见者有份;有的过于注重选编者个人的艺术口味,亲近某一类型的读者而有意"抛弃"另一批读者;有的标榜"不讲人情,只论艺术",实际上没见有多少"艺术"成分而只见到大量编者的亲戚朋友的身影……相对而言,林贤治选编的《1967—2001自由诗篇》颇有特色。作为一个具有批判性立场的学者,林贤治崇尚思想的自由,他的随笔以及文论具有浓郁的反思气质,这一气质同样灌注到此书的编选工作之中。正如该书前言中所说,这本诗集的所有作品是"从人类的自由出发"而挑选的,"诗歌作为一门艺术,精神是根本的,它笼罩了一切诗人,从而决定了诗歌写作的品质。对于任何一个真正的诗人来说,自由精神是必需的,是它赋予诗歌以光明,以温暖,以春天般的勃勃生气和飞翔其间的永不低垂的翅膀”。讲究“精神”而将艺术形式置于次席，这是思想家的爱好，不过读之的确感触良多。

不能说林贤治的编选立场完美无缺，这个选本的部分作品也有因为过于注重思想因素而忽视了表达的艺术之嫌。但林贤治的可贵之处是他的诚实与坦荡，敢于严格地按照自己的想法对作品进行取舍。作为一个编者，最忌讳的是没有立场。而当今文坛的病灶之一就是什么样的人都可以编选本、当“主编”，找一些名家撑门面，拉个老板做赞助，或者变着名目向诗歌爱好者收费，只要交了钱就可以入选，并且顺便将自己以及同学朋友和情人的大作堂而皇之地加进去成为自封的“经典”。这样的事情每年都在发生，这样的选本，就是编一万本书也是垃圾。

跋

前几年，因为写作了《朦胧诗以后》《一个人的诗歌史》等书，我被一些朋友称为“批评家”。其实我那些东西算不上文学批评，充其量只是一些小感想而已，因此相对于“批评家”，还是“随笔作家”更符合我的创作实际。

再平庸的作家都能找到几个读者，我也不例外。不同的是，我这人脸皮比较厚，在被人夸奖时，很少表现出过多的推让。主要是担心过于谦虚了，反倒被人认为是虚伪，何况每个作家的内心都有自恋的因子呢。但是有一种夸奖是我吃不消的，那就是夸我“读书多”。每次面对这样的夸奖，我都有一种汗颜无地的感觉。在读书这个方面，只有我最了解自己——读的书比较杂，但都不求甚解，对很多事物的认识都非常粗浅。我的文章讲出来的都是很浅显的道理，甚至没有道理。唯一值得安慰的是：我大抵还算一个比较坦荡的人，用时下流行的话说，是“不装”。谈论人、事和作品，无论褒贬，都发自内心，都是自己想说的话。因此我对那些作品和人品极度分裂的作家总是怀着莫大的好奇。写作，是最能考验一个人是否真诚的工作，只要你不停笔，你的作品总会流露端倪，你的文字总会将你打回原形。

其实我也曾“装”过，在新千年的头几年网络论坛流行时，当过一段时间的“文学活跃分子”，与人争吵，参与网络“群架”，在大小刊物到处发表作品并沾沾自喜。后来，就沉默很多了，也很少参与江湖论争了，作品在任何刊物发表，都兴奋不起来。虽然偶尔也会为一些热点现象激动得奋笔疾书，但更多的时候，只是在旁边默默观察、思考，然后把想法变成文字。前些天有点闲暇，整理一下这些年的小感想，便有了这本小册子。取名“文坛边”，一来是因为这些文字源于对文坛状况的观察，二来也是想提醒自己不要过多地靠近那个“坛”，那“坛”说白了也是个名利场，与它保持距离，也许更有利于看清自己的内心和这个纷繁的世界。

海豚出版社是我这几年很喜欢的出版社，跟一些大社相比，它推出的图书不算多，但弥漫其中的人文气息令人仰慕。而俞晓群老师则是近十年来我最尊敬的出版家，也是我阅读得最多的出版家。能够在俞老师主持的海豚出版社出版一本随笔集，是一种荣幸。但愿这本小册子没有辜负俞老师的厚爱和责编的辛劳。

刘春

2016年5月2日